《诗探索》创刊40周年纪念丛书
《诗探索》编辑委员会　主编

《诗探索》纪事

刘福春　刘鸣谦　编著

学苑出版社

图书在版编目（CIP）数据

《诗探索》纪事 / 刘福春，刘鸣谦编著 . —北京：学苑出版社，2020.11

（《诗探索》创刊40周年纪念丛书）

ISBN 978-7-5077-6076-7

Ⅰ.①诗… Ⅱ.①刘… ②刘… Ⅲ.①诗歌研究—中国—当代 Ⅳ.①I207.22

中国版本图书馆CIP数据核字（2020）第228372号

本书为
首都师范大学内涵发展经费资助成果
教育部人文社会科学重点研究基地首都师范大学中国诗歌研究中心成果

责任编辑：李　耕　徐志琴
出版发行：学苑出版社
社　　址：北京市丰台区南方庄2号院1号楼
邮政编码：100079
网　　址：www.book001.com
电子信箱：xueyuanpress@163.com
联系电话：010-67601101（营销部）、010-67603091（总编室）
印　刷　厂：北京建宏印刷有限公司
开本尺寸：710mm×1000mm　　1/16
印　　张：13.5 印张
彩　　插：20 页
字　　数：220 千字
版　　次：2020 年 11 月第 1 版
印　　次：2020 年 11 月第 1 次印刷
定　　价：98.00 元

1980年4月7—22日，全国当代诗歌讨论会在广西南宁召开，会议期间开始酝酿创办一种诗歌理论刊物。4月10日下午自由活动，（左起）张炯、白航、雁翼、杨匡汉、谢冕同游南宁公园，议论刊物及其命名问题。诗人雁翼灵感飞动："《诗探索》如何？"众口一致称好。1980年12月《诗探索》创刊，谢冕任主编，中国当代文学研究会主办，四川人民出版社出版。

1985年7月,《诗探索》总第12辑出刊后停刊,1994年1月复刊。谢冕、杨匡汉、吴思敬主编,中国当代文学研究会、北京大学中国新诗研究中心、首都师范大学新诗研究室主办。右图为《诗探索》编辑部成员合影,1995年7月摄于北京大学中文系门前。左起:刘士杰、陈旭光、刘福春、吴思敬、杨匡汉、谢冕、林莽(后)、陈曦(前)。

　　1994年5月6—9日,《诗探索》编辑部组织的"白洋淀诗歌群落"寻访活动在白洋淀举行。牛汉、吴思敬、芒克、林莽、宋海泉、甘铁生、史保嘉、仲维光、白青、刘福春、陈超、张洪波等参加。大家走访了芒克下乡插队的大淀头村,在座谈会上围绕着"白洋淀诗歌群落"的人员、时间、背景、影响等问题进行了讨论。左上图为吴思敬、芒克、陈超、林莽在大淀头村;右图为牛汉与芒克在白洋淀;左下图为座谈会现场。

1994年10月29日,由《诗探索》编辑部主办的"中国新诗集版本回顾·首届九十年代新诗集展览"在北京开幕。上图为蔡其矫、李瑛、张志民、牛汉、屠岸先生出席开幕式;下图为展出的1949年前的部分诗集。

1999年3月28日,《诗探索》编辑部在北京市朝阳区文化馆举办座谈会,祝贺日本学者秋吉久纪夫翻译的《现代中国诗人丛书》10卷出齐。郑敏、牛汉、谢冕、孙玉石、杨匡汉、吴思敬、刘士杰、林莽、刘福春、王家新、韩小蕙及戴望舒、冯至、卞之琳、何其芳子女等参加了座谈会。

1999年4月16—18日，由北京作家协会、中国社会科学院文学研究所当代室、北京文学杂志社、《诗探索》编辑部联合举办的"世纪之交：中国诗歌创作态势与理论建设研讨会"在北京平谷盘峰宾馆召开。

1999年11月12—14日,《诗探索》编辑部与《中国新诗年鉴》编委会联合主办的"'99中国龙脉诗会"在北京召开。

2010年2月6日，诗探索·天问中国新诗会所在北京成立。是日召开第一次工作会议，会所顾问牛汉、谢冕、赵敏俐、吴思敬，会所委员林莽、潘洗尘、刘福春、苏历铭、树才、宋琳以及工作人员徐丽松出席。会后，牛汉、谢冕、林莽、刘福春、徐丽松前往清华园看望了会所顾问郑敏先生。

2010年5月7—9日，诗探索·天问中国新诗会所主办的"白洋淀之春——新世纪主题诗会"在河北白洋淀举办。会议就"新世纪十年中国新诗的状态"等问题进行了交流，并对当年白洋淀诗歌群落主要活动村落进行了寻访。上图为与会诗人在白洋淀上合影；下图为吴思敬、林莽、谢冕、刘福春在大淀头村白洋淀诗歌群落展览馆留影。

2011年1月20日,《诗探索》编辑委员会主办的"《诗探索》新春茶话会暨创刊三十周年座谈会"在北京云龙金阁休闲会所举行,诗人、诗评家和文化界人士牛汉、张炯、谢冕、邵燕祥、孙玉石、叶廷芳、杨匡汉、吴思敬、樊希安、林莽、刘福春、王光明、张桃洲、苏历铭、姜诗元、蓝野、王夫刚等20多人出席了座谈会。

2012年12月14—16日，由《诗探索》编辑委员会和北京市朝阳区文化馆主办的"打开窗户——新诗探索四十年"系列活动在北京798玫瑰之名艺术中心举办。开幕式上，诗人牛汉先生的九十华诞祝寿仪式将活动推向了高潮，90支红蜡烛，少年儿童献花，谢冕先生致辞，全体参会诗人合影，汇聚了对诗人牛汉先生的美好祝福。

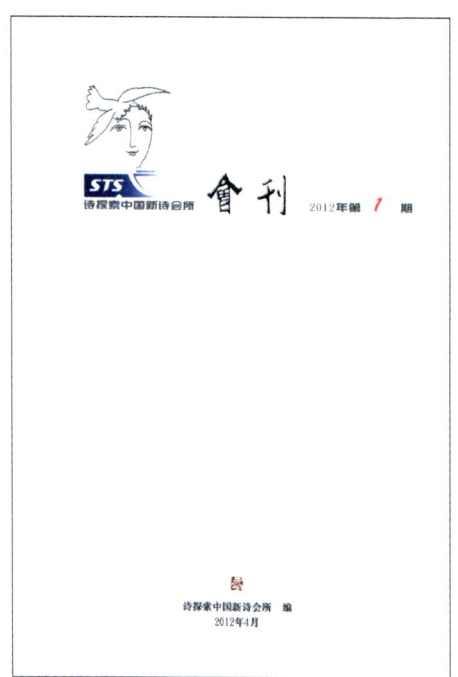 

《诗探索》编辑部除了编辑《诗探索》外,还编辑出版了《诗探索金库·食指卷》《中国年度诗歌》《中国新诗百年》《三十位诗人的十年》等多种新诗选本,诗探索中国新诗会所还编印有《诗探索中国新诗会所会刊》等,右页为部分新诗选本。

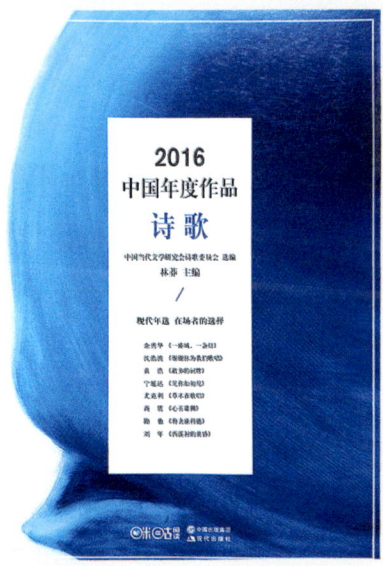

《诗探索》编辑部主办有"诗探索·华文青年诗人奖""红高粱诗歌奖""诗探索·春泥诗歌奖""诗探索·中国诗歌发现奖"四个奖项,并将相应的获奖作品结集正式出版。本页左上图为2013年度"诗探索·华文青年诗人奖"颁奖现场;右上图为莫言等为首届"红高粱诗歌奖"获奖诗人颁奖;下图为其余部分活动现场。右页为部分作品集。

《诗探索》编辑部主办的"诗探索·华文青年诗人奖"每届评出三位获奖诗人,其中选出一位到首都师范大学中国诗歌研究中心驻校一年。入校举行入校仪式,离校召开诗歌创作研讨会。上图为首都师范大学驻校诗人冯娜诗歌创作研讨会会场;下图为2018年首都师范大学驻校诗人入校仪式后与会者合影。

2019年3月31日,由北京人天书店集团主办、《诗探索》编辑部和历铭传媒共同承办的"人天6+X诗歌艺术沙龙"首次活动,即"一首诗的诞生·诗歌朗诵会暨诗歌作者手稿展"在北京宛平城内的"宛平九号"举行。

2019年12月28日,《诗探索》2019年编委年会在北京人天书店集团小会议室举行。

总序

我们见证一个时代
——《诗探索》40年（1980—2020）

谢 冕

昨日已经过去

我们经历了一个漫长的黑夜。月亮是惨白的，星星是灰暗的，无边的暗黑，空漠，萧索，荒芜。就此刻谈论的诗而言，也深陷于这种无边的暗黑之中。这岂止是通常说的"单调"或者"划一"所能概括！那是一个没有文学、没有艺术，当然也没有诗歌的时代。一个漫长得看不到希望的岁月，一批又一批的诗人被迫走上了流放和监禁的囚徒之旅。烹鹤毁琴，绝圣弃典，诗歌也被迫流亡或者禁毁。愚蠢、无知、野蛮代替了高雅和智慧！

黑夜无边，春天遥远，那年有一个极冷的冬天。诗人穆旦长期受摧残的身子，感到了这个冬天的艰难："我爱在淡淡的太阳短命的日子，临窗把喜爱的工作静静做完；才到下午四点，便又冷又昏黄，我将用一杯酒灌溉我的心田。多么快，人生已到严酷的冬天。"[1]这个在民族生死存亡时刻走出西南联大校园，投身于滇缅战场的诗人，曾以青春的声音向我们宣告"因为一个民族已经起来"[2]的歌者，此刻，他感到了彻骨的寒意。

---

[1] 穆旦：《冬》。此诗作于1976年12月，同时写作的还有《停电之后》。同年10月，是"四人帮"覆灭的日子，可惜诗人没能享受胜利的欢欣。
[2] 穆旦：《赞美》。"在耻辱里生活的人民，佝偻的人民，我要以带血的手和你们一一拥抱。因为一个民族已经起来。"此诗作于1941年12月。

也是这一年，还有一位诗人，他幸运地迎接了团泊洼的凝寒的秋日阳光，但不幸的是，他终于因胜利到来的狂喜而葬身燃烧的火海。他用死亡迎接了他所祈望的秋天，而把一切的新生与希望留给我们。他是来自延安的郭小川。"他以优美的诗歌颂赞过他曾经为之奋斗的新生的社会，后来他又被痛苦地推入深渊。直至那个难忘的秋天的胜利带来了狂喜，他又在那场狂喜到来的时候消失在狂喜的烈焰之中。"[1]

很多人没有回来，他们消失在受难的路上。更多被流放的、蒙难的幸存者，由于金秋十月的召唤，正踏上归来的路途。而一批因失去昨日而热望今天的新诗人，已经迫不及待地喊出了他们反抗的和怀疑的声音："如果海洋注定要决堤，让所有的苦水注入我心中；如果陆地注定要上升，就让人类重新选择生存的峰顶。"他们宣告："新的转机和闪闪的星斗，正在缀满没有遮拦的天空。那是五千年的象形文字，那是未来人类凝视的眼睛。"[2]

这些崭新的意象所传达的声音给我们以力量和信心。四点零八分的北京，那场悲哀的、撕心裂肺的离别场面已是过去。中国以坚决的行动结束了一个长达十年的黑暗岁月。正是当年写出那首被迫剥夺了学校和家庭的离别画面的诗人，如今，他正以激情的声音昭告我们："相信未来。"[3]

站立在今天

以上是我们对中国诗歌曾经的漫长的噩梦所做的简略的叙述：我们曾有并结束了一个长长的肃杀的昨天，我们如今拥有一个崭新的今天。历史曾是如此地沉重，我们同样怀有"时不我待"的紧迫感。此刻我们正面对一个挽救诗歌沦亡的残酷事实——我们需要接续被粗暴隔断的中国诗歌传统；我们要以坚韧的精神维护并坚守诗歌的圣洁与尊严；面对今天的世界，我们要清除加于诗

---

[1] 谢冕：《郭小川的意义》。此文为青海人民出版社 2020 年版《郭小川诗歌精选》代序。
[2] 北岛：《回答》。
[3] 食指：《相信未来》。

歌的侮辱与伤害，并改写中国诗歌与世隔绝的封闭与孤立处境；我们要在开放的窗口与世界对话，并且坚定地支持和开展诗歌在新时代的新的探索。

以上，就是当日我们的境遇。它使我们拥有了沉重的使命意识和自觉精神。一个荒唐的年代：一片喊"杀"和"打倒"声中，博大精深的华夏文明和中国文化传统，文学、艺术以及诗歌，在那些人眼中都成了"封、资、修"，都成了"黑线"。拨乱反正，驱邪扶真，我们要在一片废墟上恢复并建立对诗歌的信心。这就是在1980年那个早春时节充盈我们内心的吁求。我们把昨天留在身后，我们站立在今天。我们不仅要告别昨天的乱局，我们还要认定属于开放年代的新的目标。

当年的我们，面对的是受到摧残的诗歌废墟，需要重新确立对诗歌的信心和理想。当年的我们，只能在记忆中想象遥远的唐代的明月，也只能在内心深处怀想和致敬那些现代的和以往的历代诗人，为他们的辛劳创造，也为他们的辉煌的存在与黯然的陨落。我们渴望以行动来表达我们的念想与敬意。

1980年春天，正是民间的三月三、壮族一年一度盛大的诗歌节举办之际。赶着民间节庆的气氛，一个空前的诗歌理论会议在广西南宁召开。会议之所以召开，是由于出现了《今天》杂志，以及出现了以这个刊物为基点的一批新诗创作。这些创作带来了普遍的陌生感和新的启迪，也随之带来了完全不同的价值观和巨大的诗学分歧。当然，从根本上看，它们带来的是中国诗歌的新气象和新生机。这些现象引起诗歌理论界和其他学界的注意。这样，由几所大学和相关研究所、学会共同筹划的全国当代诗歌讨论会就在广西南宁隆重召开。

会议的参加者基本上是来自民间的诗歌研究者、理论批评工作者和大学教师。像这样一个专门讨论诗歌理论批评的大型会议，在中国诗歌史上可能是第一次。我之所以在这里郑重提及南宁会议，是因为它与随后诞生的专门研究诗歌理论批评的刊物《诗探索》有着密切的甚至是直接的关联。或者可以说，南宁会议是催生《诗探索》的前奏，甚至可以说，它是诞生这个刊物的最初的灵感。

沐浴着新时代阳光

南宁会议的议题基本上围绕着对当日出现的"朦胧诗"的评价而展开。两种完全不同的观点进行了尖锐的交锋。这些交锋唤起了人们对诗歌理论研究与建设的警觉与关注。与会者的诸多发言涉及中国的诗歌传统、诗与时代和政治、诗的时代归属与审美本质、诗歌艺术的借鉴与创新等问题。争论涉及的深度和广度均为历年所未见。数日会议之后，诗评家们带着对即将到来的诗歌高潮的预期，兴奋地走向了三月三广西民间歌会，走向了更为广阔的诗歌现场。

从南宁一路行走到桂林，看的是新时代早春蓬勃的生机与活力，谈的是对于复兴与重建中国诗歌的愿望与念想。记得那时我们看望中途因病住院的公刘，带去大家对他的关怀与祝福，更带去众人的会间余兴——由丁力、晓雪、沙鸥等"集体创作"嵌名诗：

> 桂林无晓雪，阳朔有沙鸥。
> 蓝天藏雁翼，病榻念公刘。
> 久闻山水秀，谢冕驾轻舟，
> 北方冰已化，春满漓江头。

虽是游戏笔墨，但也显现当日活跃轻松的友好气氛。我的日记记载，1980年4月25日，当日前往181医院看望公刘的有闻山、刘登翰、孙绍振、张炯、洪子诚、鲁原等。当然更有高洪波，他一直在医院陪护公刘。日记称："公刘较前大有起色，他有点兴奋，对我们说，我充满了信心。他希望会议的文集有照片作插图，并且决心健康恢复后的第一件工作，是把会上发言整理出来，加入文集。"

带着对未来的期望和祝愿，我们一行登上了北上返京的列车。我的日记继续记载当日的"余绪"。其间触及我们对未来刊物（《诗探索》）的最初想法：1980年4月26日："车上，研究了《诗歌界》（暂定名），或叫《诗歌研究》的编委人选。高洪波参加了议论。"作为当事者，我返京后的第一件事是着手写作《在新的崛起面前》。这是会上黎丁先生为《光明日报》的约稿。[1]与此同时，就是在北大邀集同人紧张地为即将诞生的《诗探索》做准备。

永远的坚守和探求

《诗探索》创刊于1980年。记得它的创刊号是在这一年的年末，当时我们放下手中所有的工作，全力以赴，要赶着在1980年末之前宣告《诗探索》创刊。因为1980年是一个特殊的年份、一个值得永远记住的年份，在我们的意念中，不管时间多么紧促，不管从组织到筹备、设计、组稿、出版，再到发行，其间有多大的困难，我们认定，这个刊物只能，而且必须在非凡而伟大的1980年创刊。《诗探索》注定只能是1980之子！

1980年，中国诗歌伴随着一阵惊雷，开始了一个新的诞生。这是一个告别过去、迎接未来的新的诗歌时代。"假、大、空"的覆灭，朦胧诗的崛起，幸存者的归来，特殊的遭遇，特殊的经历，为此，我们要留下前行的足迹：向着世界开放的新的艺术手段与方法，中国诗歌的继往开来的伟大复兴，诗歌面临着新的前所未有的挑战。新的主题、新的艺术方式与新的表现手段，这一切，亟须诗歌理论的支持、总结和阐释。这一切，概括起来也就是当年《诗探索》发刊词的一句话：我们需要探索！那是一个反思的年代，那也是一个创新和探索的年代。我们的方针十分明确：站立在时代的潮头，排除一切的阻挠与偏见，即使是一种巨大的压力乃至一时的孤立无援，我们没有退路，唯有韧性地坚持，以坚定的意志、无畏的探索，热烈地支持中国诗歌的新的崛起。

《诗探索》始终没有办公室，开始借用北大中文系的一间会议室"办公"。编稿、看稿、讨论，都在这个房间。约好时间，朋友们从北京的各个角落赶到北大，骑自行车，坐公交，风雨无阻。办完公，没有饭局，各自散去。因为"定居"在北大，倒也沾了些这所学校的"仙气"——不知不觉间，学术独立、

---

[1] 1980年4月28日日记："作《在新的崛起面前》，近三千字。下午，寄《光明日报》。"

思想自由、兼容并包，倒也成了刊物的"精气神儿"。

前面谈到南宁诗会的召开与参会者的民间性质，这种民间性一直延伸并贯穿于《诗探索》的办刊以及它所展开的活动中。为什么是民间？因为它是由几个民间学术团体和单位主持的，主编和编委无须上方指派；所有的编者都是"志愿者"，从主编到编辑，没有任何报酬，有时甚至还要"自掏腰包"予以补贴；刊物没有固定经费，所有的费用都要"自筹"；更为特殊的是，这样一个纯学术刊物，长达40年的办刊历史，居然没有申请到刊号。

《诗探索》的编者无时无刻不在"求人"，由于没有刊号，只能用书号出版，求出版社少收点儿出版补贴，一家出版社接着一家出版社，"求"一次，办几期或十几期，再"求"，再换一家出版社。岁月过得"有点惨"，却也是"人不堪其忧，回也不改其乐"！我作为创刊主编，看到大家为刊物奔波辛苦，有时不免心疼，想，我们已尽力了，我们当然想坚持，要是客观情势不允许，我也可以学徐志摩前辈那样昭告天下：《诗探索》放假！但是这刊物却真是"命硬"，几次都是遇到"贵人"搭救，然后"绝处逢生""柳暗花明"！《诗探索》创造了一个奇迹，不拿公家一分钱，不要一个编制，不要刊号，也没有一间办公室，居然坚持到今天，足足40年。

而我，已经打好"腹稿"的，而且随时准备发表的《诗探索放假》的文章，却是始终派不上用场！《诗探索》坚持"在岗"，坚持站在诗学探索的前沿，为中国现代诗歌的繁荣发展自觉地守望和探求！时间过得真快，不觉40年匆匆过去。早先创刊的"元老"们约定，只要健康和精力许可，依然坚持他们的"义务劳动"，做《诗探索》忠实的永远的"志愿者"。

我们见证一个时代

亲爱的《诗探索》同人是我们同甘苦、共患难的朋友。我们有幸共同走过，有幸一起聚过、奋斗过，我们快乐过也痛苦过。我们有幸共同见证了诗歌复兴的新时代，我们共同见证了一个伟大的繁荣的时代。

请允许我在这文章的最后表达我对朋友的"不忘",我的敬意和感谢。

深情缅怀——我们的好友,为《诗探索》的出版、编辑作出过贡献的钟文、刘士杰。

深情感谢——在不同时期为《诗探索》的出版作出过贡献,让《诗探索》转危为安的"贵人":张炯、洪子诚、白烨、张仃、石虎、于炼、郭栋、臧博平、张洪波、刘鸿、潘洗尘、庞俭克、赵敏俐、徐伟、苏历铭、邹进。

深情感谢——《诗探索》的编辑队伍:杨匡汉、吴思敬、林莽、王光明、刘福春、陈旭光、张桃洲、王士强、徐丽松、陈亮、谈雅丽。

深情感谢——《诗探索》的出版单位:四川人民出版社、中国社会科学出版社、首都师范大学出版社、天津社会科学院出版社、时代文艺出版社、九州出版社、漓江出版社、作家出版社。

2020 年 7 月 1 日于北京大学

目 录

001　1980 年
006　1981 年
009　1982 年
011　1983 年
013　1984 年
014　1985 年
016　1986 年
017　1993 年
019　1994 年
027　1995 年
031　1996 年
034　1997 年
038　1998 年
046　1999 年
052　2000 年
054　2001 年
056　2002 年
058　2003 年
060　2004 年
062　2005 年
065　2006 年
067　2007 年

070	2008 年
075	2009 年
080	2010 年
095	2011 年
110	2012 年
123	2013 年
135	2014 年
147	2015 年
158	2016 年
172	2017 年
181	2018 年
192	2019 年
203	2020 年
205	后　记 / 刘福春

1980年

  1980年4月7—22日 由中国社会科学院文学研究所、中国当代文学研究会、北京大学中文系、中国作家协会广西分会、广西大学中文系和广西民族学院中文系联合主办的"全国当代诗歌讨论会"在广西南宁召开，来自全国各地的诗人、评论家、报刊编辑、大学教师和研究人员共80余人参加了会议。会议期间，开始筹办《诗探索》。谢冕讲："1980年4月，在南宁会议上发生了关于新诗潮的第一次激烈论争。那次交锋成了创办《诗探索》的最初动因。在会议结束返京的列车上，我们酝酿了这个刊物的诞生。1980年底，《诗探索》创刊号正式出版。《诗探索》之所以急匆匆地要赶在1980年代的第一年问世，是要为那个梦想和激情的年代作证，为中国文学艺术的拨乱反正作证，为中国新诗的再生和崛起作证。《诗探索》和'朦胧诗'理所当然地成为中国新的文艺复兴时代的报春燕。"（《为梦想和激情的时代作证》，《诗探索·理论卷》2011年第2辑）杨匡汉讲："'南宁诗会'的南宁阶段在4月10日结束，头天晚上，张炯和我同处一屋，细聊会议总结的内容，议了提纲，长谈至深夜一点半。聊的过程中产生了办一个诗歌理论刊物的想法。次日，张炯为诗会做了全面、周详的总结。下午自由活动，张炯、谢冕、雁翼、白航和我一起同游南宁公园，在椰子树下的林荫路上散步，留下一张并排潇洒前行的合影（存有老照片）。不过，最难忘的是漫步时议论创办诗歌理论刊物及其命名问题。'诗歌理论研究'？'新诗美学'？'中国诗学'？等等，均不理想。还是诗人雁翼灵感飞动：'《诗探索》如何？'众口一致称好，就这么在南宁公园定了下来。雁翼答应回四川想办法找出版社。后来，张炯又通过陈荒煤的牵线，和谢冕一起亲赴成都，与时任四川人民出版社社长的李致取得联络，对方痛快地答应了。在成都大学任教的钟文，也主动表示乐意承担刊物在四川的编辑联络与校勘工作。这样，《诗探索》的出版链得以连接起来。"（《〈诗探索〉草创期的流光疏影》，《诗探索·理论卷》2011年第2辑）

1980年4月南宁诗会，张炯、白航、雁翼、杨匡汉、谢冕游南宁公园，在椰子树下的林荫路上散步

1980年7月 《诗探索》筹备会在北京召开。杨匡汉讲："1980年7月，在崇文门社科宾馆的一间地下室，张炯召集了《诗探索》筹备会。朱寨参与指导。会议决定组成《诗探索》编委会：丁力、公木、公刘、尹一之、易征、孙绍振、宋垒、沙鸥、杨匡汉、闻山、张炯、唐祈、袁可嘉、晓雪、雁翼、谢冕。这个班子，是学术观点的兼容，老中青的搭配，北京与外省的协调，成员均为乐意推进当代诗歌建设的热心者。谢冕被推举为主编，丁力和我为副主编。常务工作的担子落到我头上，因为由中国当代文学研究会主办，编辑部设在北京日坛路6号文学研究所，我又在当代文学研究室负责诗歌研究。根据编委会上大家提出的各种建议，我进行了综合，并和谢冕、丁力分别做了沟通，设计了创刊号的要目和专栏，着手组稿与编辑工作。最初协助我工作的责任编辑有雷业洪、楼肇明、刘士杰、王光明等人（后来又有北京师院即现首都师大的诗歌研究专家吴思敬加盟编辑组稿工作）。文学所林岗、刘福春、李兆忠等几位年轻人也热心跑前跑后。"（《〈诗探索〉草创期的流光疏影》，《诗探索·理论卷》2011年第2辑）

1980年8月 《诗探索》编辑部邀请参加诗刊社青年诗作者创作学习会（后称青春诗会）的张学梦、高伐林、徐敬亚、顾城、王小妮、梁小斌、舒婷、江河到文学研究所座谈，会后将各自撰写的笔谈题为《请听听我们的声音——青年诗人笔谈》刊于《诗探索》创刊号。杨匡汉讲："筹办《诗探索》出版的消

息不胫而走，尤为年轻的新诗人所关注。有一事可记：借《诗刊》8月份办首届'青春诗会'之风，我们把张学梦、高伐林、徐敬亚、顾城、王小妮、梁小斌、舒婷、江河等八位青年诗人请到文学所来，在二楼会议室开了个小型座谈会。发言争先恐后，会后留下各自简短的笔谈，由编辑部合成《请听听我们的声音——青年诗人笔谈》一文。事后有人告诉我：'《诗刊》内部有人说，好不容易把他们引导过来了，《诗探索》又把他们引导回去了。'我笑曰：'但愿这是流言。大路朝天，各走半边。难道连青年人的声音也不能听吗？'"（《〈诗探索〉草创期的流光疏影》，《诗探索·理论卷》2011年第2辑）

1980年12月《诗探索》创刊，谢冕主编，中国当代文学研究会主办，四川人民出版社出版。所刊出的1980年第1期大32开，210页，设有《新诗发展问题探讨》《新探索》《新诗品》《名诗欣赏》《诗通讯》等栏目，刊有艾青《答〈诗探索〉编者问》、谢冕《在新的崛起面前》、丁慨然《"新的崛起"及其它——与谢冕同志商榷》、单占生《新诗的道路越走越窄吗？》、刘登瀚《从寻找自己开始——舒婷和她的诗》和张学梦、高伐林等八人《请听听我们的声音——青年诗人笔谈》等文。卷首刊出的本刊编辑部《我们需要探索》

《请听听我们的声音——青年诗人笔谈》刊于《诗探索》创刊号

讲："我们需要探索，不仅过去，不仅现在，而且更着眼于将来。我们愿意生活更加美好，我们才需要探索；我们愿意诗更加美好，我们才需要探索。墨守成规永不会有创造。诗人在用诗探索人生和人的心灵。我们，则探索诗，探索诗人从事这一精神生产所达到的和未曾达到的思想与艺术的境界。探索的精神，就是一种思想解放的精神。"《诗探索》的主张，可以简单地概括为三个短语：自由争论、多样化、独创性。"《星星》诗刊1980年第10期消息："由中国当代文学研究会主办的《诗探索》(季刊),将于今年十月创刊。""《诗探索》的编辑方针是:坚持为人民服务、为社会主义服务的方向,认真贯彻百家争鸣的方针,立足于当代,研究新时期诗歌发展中的新情况、新问题,从诗歌美学上进行理论与实践相结合探索,鼓励与推动诗歌界各种学派的自由争论,提倡有创见的诗评论,扶持诗坛的新人新作。""刊物还适当评价外国诗歌和总结我国古典诗歌、民歌及新诗的传统,以资借鉴。"《诗探索》提倡文责自负,鼓励批评与反批评。《诗探索》经过编委的酝酿与民主推选,通过谢冕任《诗探索》主编,丁力、杨匡汉任副主编。"杨匡汉讲:"创刊号太重要了。由谢冕执笔以'本刊编辑部'的名义写了《我们需要探索》作为发刊词,申明《诗探索》的主张是:自由争论,多样化,独创性,推动新诗创造性地为人民服务,为社会主义服务。我还去拜访了艾青,通报了创办《诗探索》的设想,请他谈谈对刊物的希望。艾青的意见是:'让大家吵。没有吵就发展不了诗歌。希望在刊物上大家都来探索,你探索你的,我探索我的。百家争鸣在一个"争"字。要发展论争。'我把艾青的谈话作了归纳整理,形成《答〈诗探索〉编者问》一

《诗探索》创刊号

《诗探索》主编谢冕

文,交给他过目审阅,同意在创刊号上发表。""落实了发刊词,落实了艾青的文章,可以说撑起了半壁江山。接下来的是如何体现刊物保持一种不同意见自由论争的格局。我问谢冕:'如果有人向你开火,又是说理的,你敢不敢、同意不同意发表?'谢冕回话:'好啊,欢迎!'这样,就在创刊号上重新发表谢冕《在新的崛起面前》(原载《光明日报》1980年5月7日)一文的同时,选了丁慨然(丁力长子)的《'新的崛起'及其他》、单占生的《新诗的道路越走越窄吗?》两篇来稿,都是'与谢冕同志商榷'的,也讲出些道理。此一举措,表明即使是主编或编委的文章,都只是代表个人在发言,刊物允许并欢迎讨论与批评。这样安排,是希望在《诗探索》上多增加一些学术自由、艺术民主的气氛。"(《〈诗探索〉草创期的流光疏影》,《诗探索·理论卷》2011年第2辑)

1981 年

1981 年第 1 季度 《诗探索》1981 年第 1 期出刊,《新探索》栏刊出叶文福创作、吕香云评点的《祖国啊,我要燃烧》,北岛创作、楼肇明评点的《回答》等诗;《新诗发展问题探讨》栏刊出京宁《诗,请"超脱"些!》、唐湜《诗的自由化与格律化运动》等文;《创作谈》栏刊出严辰《给青年作者的信》、杨炼《从临摹到创造——同友人谈诗》等文。是期起定为季刊。封底刊出主编、编委名单:主编:谢冕,副主编:丁力、杨匡汉,编委:丁力、公木、公刘、尹一之、易征、孙绍振、宋垒、沙鸥、杨匡汉、闻山、张炯、唐祈、袁可嘉、晓雪、雁翼、谢冕。

《诗探索》1981 年第 1 期

1981 年第 2 季度 《诗探索》1981 年第 2 期出刊,卷首刊出张炯的文章《唱出时代的最强音》;《诗人谈诗》栏刊出田间《再忆〈给战斗者〉》等文;《学诗园地》栏刊出陈良运《说爱情诗》等文;《新诗发展问题探讨》栏刊出丁芒《诗歌民族传统杂谈》和吴思敬《时代的进步与现代诗》文 2 篇。吴思敬讲:"定福庄会议上,我的多次发言,都贯穿着一个基调,那就是对新诗现代化问题的思考。会后,根据当时的发言,我整理了一篇文章,原题为《新诗现代化之我见》，想为'朦胧诗'的出现提供根据，后来在《诗探索》1981年第2期上发出来，题目改为《时代的进步与现代诗》，当时《诗探索》的编辑认为题目中的'新诗现代化'容易被抓住，会被认为是鼓吹现代派，所以发表的时候给换了个题目，其实文章内容没变，主要还是谈新诗现代化的。"（吴思敬、王士强《诗路纪程三十年》，霍俊明主编《诗坛的引渡者——吴思敬诗学研究论集》，长江文艺出版社2012年6月出版）

1981年7月21日 《诗刊》编辑部召开"诗集的出版与发行座谈会"，座谈会由邵燕祥主持。国家出版局、新华书店、人民文学出版社、中国青年出版社、北京出版社、《光明日报》、《文艺报》、《诗探索》等出版、发行部门的同志和诗人、读者就新诗集的出版发行问题沟通情况，交换了意见。在外地的一向热心于诗集出版的四川人民出版社、广东人民出版社、江苏人民出版社、上海文艺出版社、长江文艺出版社、河南人民出版社在会前寄来了书面发言。《诗刊》1981年10月号刊出刘湛秋整理的座谈记录《座谈：诗集的出版与发行》和出版社的书面发言。

1981年第3季度 《诗探索》1981年第3期出刊，刊有卞之琳的诗论《今日新诗面临的艺术问题》；《新探索》栏刊出赵恺创作、熊光炯评点的《第五十七个黎明》，白桦创作、刘再复评点的《春潮在望》等诗；《新诗发展问题探讨》栏刊出李元洛《是什么"新的美学原则"？——与孙绍振同志商榷》、江枫《沿着为社会主义、为人民的道路前进——为孙绍振一辩兼与程代熙商榷》等文，以及孙玉石《新诗流派发展的历史启示——〈中国现代诗歌流派〉导论》、叶橹《公刘诗作新探》、郑敏《英美诗创作中的物我关系》等文。

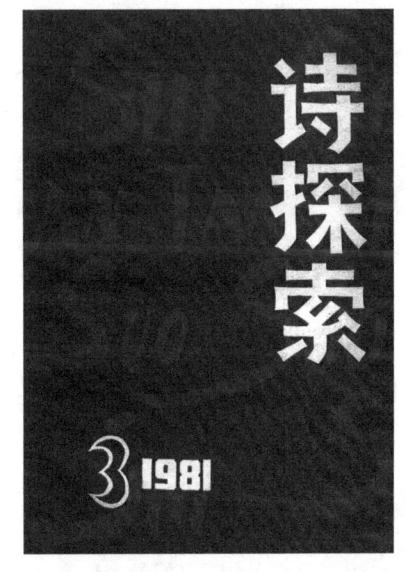

《诗探索》1981年第3期

1981年第4季度 《诗探索》1981年

第4期出刊，卷首刊出公木的诗论《话说第三自然界——读〈同青年朋友谈诗〉随感》；《新诗的争鸣》栏刊出治芳《诗，正在"复归"》、俞兆平《"我"在抒情诗中的地位》等文；《诗的美学》栏刊出钟文《发展中的"诗美"内涵》等文，以及骆寒超《新诗的意象艺术》、赵毅衡《诗歌语言研究中的几个基本概念》和雁翼、江河、邵燕祥、北岛、艾青等《百家谈诗小札》等。是期刊出《本刊启事》："本刊从一九八二年起，改为丛刊（仍为一年四辑，开本不变），由中国社会科学出版社出版，新华书店北京发行所发行。凡需要购买一九八一年本刊各期者，请向四川人民出版社邮购；凡在当地书店买不到一九八二年本刊各期者，请直接向中国社会科学出版社读者服务部邮购（地址在北京建内大街29号），本刊编辑部不办理邮购业务。"

1982年

1982年5月17—23日 "艾青研究学术报告会"在杭州举行,《诗探索》编辑部派代表参加。《诗刊》1982年8月号讯:"在艾青创作生活五十周年之际,由中国当代文学研究会浙江分会、浙江省文学学会现代文学研究会联合举办的'艾青研究学术报告会',于一九八二年五月十七日至二十三日在杭州举行。""参加这次报告会的六十多名代表中,除浙江省两个研究会的会员和大专院校及宣传、文艺、出版单位的同志外,还有十多个省、市、自治区的从事理论研究、文学教学、文艺创作和出版工作方面的同志。《文艺报》《文学报》《诗探索》和江苏、新疆、青海人民出版社以及中国社会科学院文学研究所等单位也派代表参加了会议。"(钱诚一、高松年《艾青研究学术报告会在杭州举行》)

1982年6月 《诗探索》1982年第1期出刊,卷首刊出萧三的文章《我与诗》;《新诗发展问题探讨》栏刊出林希《诗歌美学的研究课题》、石天河《关于朦胧的三昧、三度及三品》等文;《学诗园地》栏刊出孙绍振《诗的想象和科学的想象》、竹亦青《形象的主观性》等文;《诗海览胜》栏刊出孙玉石《不曾凋谢的鲜

《诗探索》1982年第1期(封面由曹辛之先生设计)

曹辛之先生

花——读〈白色花〉随想》、以衡《春风,又绿了九片叶子——读〈九叶集〉》等文。是期起改为中国社会科学出版社出版,印数25500册。杨匡汉讲:"第六期起,经时任社科院党组书记的梅益同志特批,交中国社会科学出版社出版,印数逾两万册。著名'九叶'诗人、装帧大家曹辛之精心为刊物做了封面设计。"(《〈诗探索〉草创期的流光疏影》,《诗探索·理论卷》2011年第2辑)

1982年11月 《诗探索》1982年第2期出刊,卷首刊出邵燕祥《人间要好诗——对当前新诗一些问题的看法》和晓雪《中国新诗的繁荣与精神文明的建设》诗论2篇;《新诗发展问题探讨》栏刊出叶橹《略论诗人"自我"的发展方向》、徐敬亚《诗,升起了新的美——评近年来诗歌艺术中出现的一些新手法》等文;《诗艺谈》栏刊出肖驰《中国古典抒情诗的自然意象——中国古代诗歌分类研究之一》、耿占春《论想象的形式》等文。

1983年

  1983年1月22日 《诗探索》编辑部召开编委扩大会议，编委丁力、尹一之、宋垒、杨匡汉、张炯、袁可嘉、雁翼、谢冕、樊发稼以及编辑部全体工作人员参加。会议对创刊以来编辑工作的情况进行了检查，并形成《关于〈诗探索〉刊物检查的报告》。

  1983年3月 《诗探索》1982年第3期出刊，卷首刊出本刊评论员的文章《加强诗歌内容的时代性》；《新探索》栏刊出李小雨创作、陈素琰评点的《红纱巾》，舒婷创作、黎望评点的《神女峰》等诗；《新诗发展问题探讨》栏刊出骆寒超《论生活、想象和真实世界的关系——兼谈当代诗歌的抒情个性》、降大任《诗歌形式的历史趋向：自由体与逼近口语》等文，以及郑敏《诗的高层建筑》、王辛笛《试谈四十年代上海新诗风貌》等诗论。评论员的文章讲："粉碎'四人帮'六年以来，广大诗歌作者在为人民服务、为社会主义服务的广阔道路上，遵循'百花齐放、百家争鸣'的方针，做出了显著的成绩。诗坛恢复了战斗的现实主义传统，面对当代生活中的矛盾和斗争，不同程度地反映了人民的要求、愿望和心声。诗人们大大开拓了生活和诗的视野，将昨天、今天的种种斗争和创造，以及挫折与希望、阴暗与光明，升华并结晶为诗情之美，使诗作的主题和题材走向多样化。相当数量的诗歌作者还注意体现自己的创作个性，在艺术形式和表现手法上进行了多方面有益的探索，促进着形式与风格的百花齐放。诗歌理论也由多年来的沉闷走向活跃。我们业已汇成了一支老中青诗人'四世同堂'而又生机勃勃的诗歌队伍。八十年代的新诗前景是光明的。""我们应当充分肯定主流、肯定成绩。但也毋庸讳言，与我们所处的伟大历史转折的时代相比，与激流勇进的生活主潮相比，诗歌的声音确实还不够昂奋有力。近年诗作中有一部分作品不能适应广大人民向社会主义现代化进军的精神需要；有些作品的色调失于过分的灰暗、低沉，或徒具华美新奇的外壳而缺乏扎实的思想内容；个别作品更反映了认识的片面和情绪的偏激，甚至扭曲了生活的本质真实；在为数不少的刊物上，抒发狭小情思的浅吟低唱偏多，而奏出时代主调的强音则相对甚少。这些情况，不能不引起人们的关注与深思。"

1983年9月 《诗探索》1982年第4期出刊，卷首刊出胡乔木《〈随想〉读后》和卞之琳《读胡乔木〈诗六首〉随想》文2篇；《新诗发展问题论坛》栏刊出季红真《归来：失去的与得到的》、黄子平《道路：扇形地展开——略论近年来青年诗作的美学特点》等文；《学诗园地》栏刊出孙绍振《诗的比喻和想象的距离》等文；以及王光明《走向繁荣的散文诗》、袁可嘉《从艾略特到威廉斯》等文。

1984 年

1984年7月 《诗探索》总第10辑出刊，卷首刊出钟文的诗论《诗辨》；《新诗期诗歌研究》栏刊出李黎《新时期诗歌的主要审美特征》、张志忠《诗，在这里沉思》等文；《新诗发展问题论坛》栏刊出中岳《诗人的"自我表现"和"人的价值标准"》等文；《诗坛新秀》栏刊出吴思敬《追求诗的力度——江河和他的诗》等文。是期起改为辑刊。

1984年11月 《诗探索》总第11辑出刊，卷首刊出刘士杰的《冯至谈当前诗歌创作》；《新诗发展问题论坛》栏刊出徐华龙《从历史上的几次讨论看新诗民族化的趋势》、南帆《诗歌语言的"意思"与"情感"》等文；《诗艺》栏刊出陈良运《论意境的另一种——情境》、盛子潮《重叠手法和诗歌音乐美》等文。

《诗探索》总第10辑（1984）

1985年

1985年6月9—13日 "诗刊、诗报负责人座谈会"在北京召开,《诗探索》编辑部谢冕、杨匡汉参加。《诗刊》1985年7月号刊出王燕生的《交流经验 互相支持 繁荣诗歌的一次盛会——诗刊、诗报负责人座谈会纪实》,该文道:"自六月九日至十三日,十七家诗刊、诗报负责人会聚北京,畅谈粉碎'四人帮'后,中国新诗的复兴和蓬勃发展的新局面,交流编辑经验,共商如何进一步通过诗刊、诗报促新时期诗歌的更大繁荣。""去年以来,各地纷纷创办诗刊、诗报,诗歌蓬勃兴起,一扫曾经飘忽在文坛上空'诗歌不景气'的那片乌云。这种前所未有的兴旺局面,为诗歌报刊提供了交流经验、共商大计的时机。参加这次座谈会的十七家诗刊、诗报的负责人是:《诗刊》邹荻帆、吴家瑾,《星星》白航,《诗探索》谢冕、杨匡汉,《绿风》杨牧,《百泉》浪波,《琥珀诗报》关键,《诗歌报》蒋维扬,《青年诗人》逯庚福,《诗人》芦萍、梁谢成,《诗林》巴彦布,《青年诗刊》刘波,《当代诗歌》阿红,《诗神》戴砚田,《诗潮》罗继仁、未凡,《华夏诗报》柯原,《中外诗坛报》宋梧刚,《黄河诗报》孔林等(大体以创刊时间先后为序),座谈会由大家轮流主持。会议充满了团结合作、民主活泼的气氛。"

1985年7月 《诗探索》总第12辑出刊,卷首刊出公木的诗论《新诗歌的发展道路——现代化、民族化、大众化、多样化》;《新边塞诗笔谈》栏刊出杨牧《我们在衔接中开拓上升——新边塞诗抒怀》、周涛《我们面对着自己的生活》、林染《西部中国的另一种开拓》文3篇;《诗美学》栏刊出丁芒《诗的形象化和形象的逻辑结构》、钟文《诗歌的美学语言》等文。是期起停刊,印数

5700册。杨匡汉讲:"中国社会科学出版社接连出了七期后,至1985年秋,因中国当代文学研究会无力提供3000元的经费支持而暂停,用谢冕的话说:'《诗探索》放假'。"(《〈诗探索〉草创期的流光疏影》,《诗探索·理论卷》2011年第2辑)

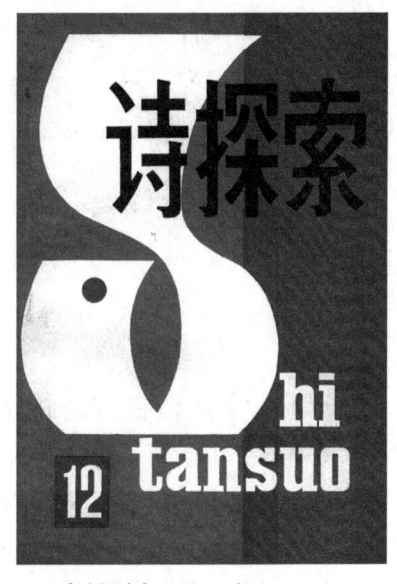

《诗探索》总第12辑(1985)

　　1985年10月25日　中国社会科学院文学研究所当代文学研究室、北京大学中文系当代文学教研室、《诗探索》编辑部联合召开"诗歌对话会",邀请在京部分诗歌理论工作者和诗人参加。中心议题是:"当代诗的现状和预测"。围绕着中心议题,与会者各抒己见,畅所欲言,会议开得生动活泼,充分体现了自由探讨的民主空气。《诗刊》1986年1月号刊出苗雨时的综述《一次自由的对话》。

1986年

　　1986年9月10日　《诗刊》《诗探索》联合举办"诗歌专题学术研讨会"。《诗刊》1986年12月号诗讯："九月十日，《诗刊》和《诗探索》编辑部联合约请了参加中国社会科学院文学研究所主办的'新时期文学十年学术讨论会'的部分学者、评论家，以'诗歌观念的变革和诗的反思'为专题，进行了热烈的学术讨论。参加研讨会的有：刘湛秋、谢冕、杨匡汉、晓雪、曾镇南、楼肇明、樊发稼、王光明、唐晓渡、刘晓波等三十余人。""会议主要就十年来诗歌创作和诗歌观念的发展演进进行了回顾和总结，大家一致认为，诗歌在新时期十年中所取得的成就及其在新时期文学中的地位不可忽视。事实上，在新时期文学观念的全部变革中，诗始终起着开拓和先锋的作用。谢冕认为现在诗坛总的面貌是呈现出一种'全面展开的态势。千奇百怪，难以归纳，每个诗人都自认为是发光的星体'，是一种'令人兴奋的失控状态'。楼肇明以历代诗歌和国外诗歌为双重参照，把新时期诗歌的主要成就归结为三点：1）清算了'瞒和骗''假大空'的恶劣诗风，恢复了诗与生活和时代的紧密联系；2）改变了抒情主人公的形象，'自我'回到诗中。诗人以对各自艺术个性的顽强追求，呼应肯定人的价值、张扬个性的时代潮流；3）从表面外在的描摹中解放出来，而诉诸心灵的深入开拓。整体态势由封闭而走向开放。""不少同志就被称为'第三代人'的新的诗歌现象发表了自己的意见。比较一致的看法是，这些诗较为重视个人人格的张扬，个体生命体验和平民意识的表达，艺术上追求口语化、生活化、通俗化，应予以注意。"

1993 年

1993 年 6 月 23 日　《诗探索》前副主编丁力病逝。《诗刊》1993 年 8 月号讯："著名诗人、诗论家丁力同志,因肺癌复发,在同病魔顽强斗争十年之后,于 1993 年 6 月 23 日在北京逝世,享年 73 岁。""丁力,原名丁明哲,字觉先,湖北洪湖龙口傍湖人。1942 年开始发表作品。1949 年 2 月,在南京加入中共地下党。1950 年在中央文学研究所学习,毕业后留所任教。曾任《文艺学习》评论组长、《诗刊》编辑部主任、《歌曲》编委、北京电影学院电影文学系教研组长、《诗探索》副主编、中国音乐学院教授、院学术委员、中国当代文学研究会理事、中国歌谣学会理事、中国乡土诗人协会顾问等职。"

1993 年 7 月 16 日　《诗探索》编辑部在首都师范大学商谈《诗探索》复刊事,张炯、杨匡汉、吴思敬、林莽、刘福春、刘士杰、孙秉伟、陈曦等参加,讨论栏目、集资、发行等问题。

1993 年 9 月 18 日　《诗探索》编辑部与北京大学中国新诗研究中心举办"'93 中国现代诗学讨论会"并宣告《诗探索》的复刊。会议综述题为《中国现代诗学:历史的赋予与时代的主题》刊于 1994 年 1 月《诗探索》总第 13 辑。综述讲:"1993 年 9 月 18 日,北京大学中国新诗研究中心与《诗探索》编辑部在北京文采阁举办了''93 中国现代诗学讨论会'。与会者就中国现代诗学建设的中心议题,以及由此引发的诗学理论问题、诗歌界同仁迫切感受到的现实性问题等,展开了充分、广泛而深入的学术交流和研讨。""除了诗学理论的争鸣研讨,本次会议的另一个重要内容是宣告诗歌理论刊物《诗探索》的复刊。吴思敬代表《诗探索》编辑部汇报了复刊工作情况。"

'93 中国现代诗学讨论会

李瑛、岩佐昌暲、谢冕在讨论会上

1994 年

  1994 年 1 月 《诗探索》在北京复刊，谢冕、杨匡汉、吴思敬主编，中国当代文学研究会、北京大学中国新诗研究中心、首都师范大学新诗研究室主办，首都师范大学语文报刊社承办；编辑：刘士杰、林莽、刘福春、陈旭光。复刊的第 1 辑为《诗探索》总第 13 辑，大 32 开，188 页，印数 5000 册；设有《诗坛态势剖析》《诗学研究》《诗人研究》《关于顾城》《当代诗歌群落》等栏目，刊有艾青《诗人要自信——对〈诗探索〉复刊的希望》、谢冕《从诗体革命到诗学革命》、郑敏《我们的新诗遇到了什么》、耿占春《群岛上的谈话》、杨匡汉《形上的驰骋——关于诗性接受的札记》、赵毅衡《文本离场批评进场——当代诗学的"逆向传达"》、叶维廉《在记忆离散的文化空间里歌唱——论痖弦记忆塑像的艺术》、文昕《最后的顾城》、唐晓渡《顾城之死》、韩东《〈他们〉略说》、贺奕《"诗到语言为止"一辨》等文。吴思敬讲："我从总第 11 辑起负责《诗探索》的具体编辑工作，我编辑了总第 11 辑到总第 13 辑。前期的《诗探索》共出版了 12 辑（期），由于经费原因到 1985 年 7 月停刊，我已编好的总第 13 辑就胎死腹中，再也没出来。这样一中断就是八年。其间，我们也做过多方面努力，联系过内蒙古人民出版社、大众文艺出版社，都未能如愿。直到 1993 年顾城逝世后，当年顾城的一位朋友，是位书商，出于对诗歌的感情，找到我，说是愿意支持把《诗探索》恢复起来，我们当然很高兴，积极开始筹备，但是就在需要往外拿钱的时候，这位先生却再也不露面了，电话也不接，很明显是不愿干或是有具体困难了。但这边复刊的工作已启动，无奈之下，我硬起头皮去找我的顶头上司首都师范大学校长，我向校长谈了《诗探索》作为

《诗探索》复刊

全国唯一的诗歌理论刊物的独特性,它的社会影响和社会作用,终于把校长说动了,批了启动经费4万元。校长对我说:'吴老师,您知道咱们学校用钱的地方太多,经费缺口很大,我只能给您批4万作为启动,以后就得你们自己想办法了。'有了这笔启动经费,《诗探索》终于在1994年1月复刊了。"(吴思敬、王士强《诗路纪程三十年》,霍俊明主编《诗坛的引渡者——吴思敬诗学研究论集》,长江文艺出版社2012年6月出版)

1994年3月13日《诗探索》编辑部与北京大学中国新诗研究中心在北京大学举办了"'当代中国诗歌'座谈会",邀请美国加州大学戴维斯分校奚密教授与荷兰莱顿大学柯雷博士介绍海外汉学界研究中国当代诗歌的现状及他们的

《诗探索》编辑部成员刘士杰、陈旭光、刘福春、吴思敬、杨匡汉、谢冕、林莽、陈曦1995年7月于北京大学中文系门前

看法。与会者在两位汉学家发言的基础上,就1990年代以来"新诗潮"在新环境下的发展态势充分交换了意见。在京部分诗评家谢冕、孙玉石、杨匡汉、吴思敬、任洪渊、蓝棣之、唐晓渡、张颐武、林莽、刘福春、陈旭光等参加了会议。

1994年4月2日 《诗探索》编辑部与北京大学中国新诗研究中心联合在北京文采阁举办"中国当代诗史写作暨《诗探索》新刊座谈会"。"会议以洪子诚、刘登翰新著《中国当代新诗史》(人民文学出版社)及新刊发行的《诗探索》1994年第1辑(复刊号)为中心议题,就当代诗史写作的原则、方法、史观、史识,《诗探索》在当今诗坛的意义,今后的办刊方向等问题,进行了充分、认真、热烈的交流与探讨。"会议综述题为《面对跨世纪的机缘》刊于1994年8月《诗探索》总第15辑。

1994年5月6—9日 《诗探索》编辑部组织的"白洋淀诗歌群落"寻访活动在白洋淀举行。《诗探索》简讯:"'白洋淀诗歌群落'寻访活动于1994年5月6日至9日在华北水乡白洋淀举行。此次寻访活动是由《诗探索》编辑部组办的。《新文学史料》主编、老诗人牛汉,《诗探索》主编、诗评家吴思敬以及有关的北京、天津、河北的诗人、作家、诗歌研究者芒克、林莽、宋海泉、甘铁生、史保嘉、仲维光、白青、刘福春、陈超、张洪波、谷地、程玮东等参加了此次寻访活动。""'文化大革命'中后期,以白洋淀为中心聚集了一批诗歌创作者,他们大多是下乡到此地的知识青年,其创作以手抄形式流传。这些诗歌创作活动,对后来'新诗潮'的形成有着直接的影响与奠基作用。这一特殊的文学现象,近几年来越来越受到国内外新诗研究者的重视。为了理清新诗史上这一段史实,《诗探索》编辑部邀请了部分'白洋淀诗歌群落'的参加者以及部分诗歌研究者举行了此次活动。大家围绕着'白洋淀诗歌群落'的人员、时间、背景,以及影响等问题进行了座谈,通过当事人各自的回忆与相互补充,基本上廓清了这段史实。"(刘福春《"白洋淀诗歌群落"寻访活动》,1994年8月《诗探索》总第15辑)宋海泉讲:"讨论会上,老诗人牛汉力倡'白洋淀诗群'说,并为之正名曰:'白洋淀诗歌群落'。他说,'白洋淀诗歌群落'这个名称本身就很有诗意。'群落'一词,给人一种苍茫、荒蛮、不屈不挠、顽强生存的感觉。我们史前的先民集群而居，拓荒狩猎而作，不就叫作'群落'吗？'白洋淀诗歌群落'这一名称，恰恰借用了人类学上'群落'的概念，描述了特定的一群人，在一个特定的历史时期，一个特定的地域内，在一片文化废墟之上，执着地挖掘、吸吮着历尽劫难而后存的文化营养，营建着专属于自己的一片诗的净土。"（《白洋淀琐忆》，1994年12月《诗探索》总第16辑）

1994年5月 《诗探索》总第14辑出刊，卷首刊出辛笛的诗论《诗之魅》；《诗学研究》栏刊出李震《神话写作与反神话写作》、崔卫平《个人化与私人化》

"白洋淀诗歌群落"寻访活动在白洋淀举行

吴思敬、芒克、陈超、林莽在白洋淀

文2篇;《语言:一种新诗学维度》栏刊出陈旭光《论当代诗学理论建设的"语言论转向"》等文;《结识一位诗人》栏刊出西川《诗歌炼金术》、刘纳《西川诗存在的意义》等文;《关于食指》栏刊出林莽《并未被埋葬的诗人——食指》、食指《〈四点零八分的北京〉和〈鱼儿三部曲〉写作点滴》文2篇;《当代诗歌群落》栏刊出周伦佑《异端之美的呈现——"非非"七年忆事》、王潮《变构语言的努力——"非非"语言意识浅析》文2篇;《诗人回忆录》刊出纪弦《〈恋人之目〉及其他——谈谈我的几首情诗》等文。

1994年8月 《诗探索》总第15辑出刊,卷首刊出苏金伞的诗论《诗人应有赤子之心》;《历史的沉思》栏刊出孙玉石的诗论《20世纪中国新诗:1917—1939》;《诗学研究》栏刊出吴开晋《当代诗中禅道精神与现代主义之结合》、奚密《死亡:大陆与台湾地区近期诗作的共同主题》文2篇;《当代诗歌中的"后现代"问题》栏刊出王宁《中国当代诗歌中的后现代性》、沈天鸿《后现代诗歌与后现代主义诗歌》等文;《关于海子》栏刊出西川《死亡后记》、苇岸《怀念海子》等文;《当代诗歌群落》栏刊出严力《"一行":无方向的方向》、李震《文化裂缝中生长的诗歌》文2篇。

1994年10月23日 《诗探索》编辑部召开"诗坛圆桌"会议,座谈当前诗坛现状。陈旭光会议综述讲:"《诗探索》编辑部年前在北京大学举办了一次短小精悍、别开生面的'诗坛圆桌'会议。与会的来自北京、武汉、西安等地的诗评家,以'当前诗坛现状与我们的对策'为中心议题,展开了热烈的讨论。""与会者普遍认为,时代虽然发生了剧变,诗歌也面临着前所未有的复杂性,但总还有一些课题,如诗人人格、责任心、使命感、时代精神、文化底蕴等,仍具有普遍而永恒的意义。在一个商品化的时代,诗人应该

《诗探索》总第15辑(1994)

有自己的追求，'不能跟大家一起卡拉OK'。诗歌创作与批评，还是应该面对许多重要的人类母题而发言。与会者寄望'第三代'诗人努力追求人文情怀的厚重和历史大忧患意识的悲烈，增强诗歌创作中的'整合'能力，写出大作品，为面对跨世纪机缘的中国新诗做出应有的贡献。""与会者主张重建'学院批评'的权威性、独立性，提倡一种更内行的批评。大家认为，诗论建设需要把'前瞻'与'后顾'有机结合起来。就'前瞻'说，正视时代转型、商品经济、影像文化对诗歌艺术的影响乃至侵蚀，开放诗歌文本，顺应国际理论潮流，走向一种新的'文化批评'；就'后顾'说，要对新诗发展史做进一步的清理工作，摒除以往研究中某些外在因素的干扰，还其历史本来面目。""《诗探索》主编谢冕、杨匡汉、吴思敬主持了会议。洪子诚、刘福春、林莽、刘士杰、程光炜、沈奇、臧棣、陈旭光、汪剑钊、陈曦等参加了会议。"[《诗歌怎样了？——〈诗探索〉座谈当前诗坛现状》，《诗探索》总第17辑（1995）]

1994年10月29日 由《诗探索》编辑部主办的"中国新诗集版本回顾·首届九十年代新诗集展览"在北京开幕。此次展览共分八个部分：创造日 1920—1927；展开与收获 1928—1937；在战烟中 1937—1949；歌唱春天 1950—1966；动乱的年代 1966—1976；归来的歌·新诗潮·繁荣的走向 1977—1989；新的起步 1990—1994；在海峡的对岸 1950—1994。共展出自1920年第一本新诗集《新诗集》问世到1994年出版的新诗集，其中还有部分台湾地区出版的作品。1949年前为照片，1949年之后是实物。此次展览的主办者之一林莽说："展览的前几部分，都是由诗集版本研究者、《诗探索》编辑刘福春先生提供的诗集版本及珍贵的资料。本次展览的重要内容是1990年代新诗集展示。进入1990年代以来，新诗集的出版出现了一次空前的高潮。中国新诗在新时期经历了一次重大的飞跃，以其更广阔、更丰厚的面目面对着我们与世界。"[《中国新诗集版本回顾暨首届90年代新诗集展览侧记》，《诗探索》总第17辑（1995）]展览至31日结束，其间，《诗探索》编辑部还召开了"中国当代诗歌发展研讨会"。

1994年10月 林莽主编的《诗探索丛书》《诗探索之友丛书》由新华出版社出版，有曹钟陵《哑鸟》、岑琦《少女与天使》、方明《一种醉意》、何鸣《过

中国新诗集版本回顾·首届九十年代新诗集展览

蔡其矫、李瑛、张志民、牛汉、屠岸先生出席展览开幕式

河看望一座城市》、姜诗元《本年度潮湿》、金山《金山诗选》、林莽《我流过这片土地》、莫显英《九月排箫》、王桂林《内省与远鹜》、王若冰《巨大的冬天》、向隽《极色》、张洪波《张洪波短诗选》、代杰《自我加冕的皇冠》、李金良《月台吟》、王建逢《你的影子》、曾阅《姿势》和骆寒超、陈蕊英《伊甸园》，海

生、山妹《山庄》，稚夫、三原《稚夫、三原诗歌集》等诗集。

1994年12月 《诗探索》总第16辑出刊，卷首刊出牛汉《通往诗的途中》、罗门《诗在人类世界中的永恒价值》诗论2篇；《历史的沉思》栏刊出孙玉石的诗论《20世纪中国新诗：1937—1949》；《诗坛态势剖析》栏刊出刘冰枣《危困的中国诗坛》、柯雷《瘸子跑马拉松》等文；《结识一位诗人》栏刊出王家新《谁在我们中间》、臧棣《王家新：承受中的汉语》等文；《当代诗歌群落》栏刊出宋海泉《白洋淀琐忆》、齐简《到对岸去》、甘铁生《春季白洋淀》、陈默（陈超）《坚冰下的溪流——谈"白洋淀诗群"》等文。林莽在《主持人的话》中说："这里编发的一组稿件，是由今年5月《诗探索》编辑部组织的'白洋淀诗歌群落'寻访活动部分参加者撰写的。他们以切身经历向我们展示了一批有研究价值的原始资料，为我们进一步探讨中国新时期诗歌的发展源头提供了一个思考的角度。"是期《编后絮语》讲："亲爱的读者，当您拿到本辑刊物的时候，《诗探索》在艰难跋涉中已走完了复刊后的第一年的路程。在经济大潮铺天盖地、纯文学受到极大冲击的形势下，维持并支撑一个高品位的诗歌理论刊物，其难处可想而知。所幸的是在我们的社会中人文精神并没有完全失落，对文学的爱心也没有全然冰结。一年来，我们得到了有关领导、诗歌界同行及广大读者的热情鼓励与关怀。在此，我们编辑部全体同仁谨向曾在精神上和物质上支援过《诗探索》的海内外诗友，向曾提供版面宣传过《诗探索》的兄弟报刊，向曾为《诗探索》的出版做出贡献的首都师范大学出版社和首都师范大学语文报刊社，致以衷心的谢意！""本辑'当代诗歌群落'栏编发的关于'白洋淀诗歌群落'的一组回忆文章，将把我们带回20多年前那个暗淡而阴冷的岁月，让我们留意到那黑暗中的点点星火，触摸到那冰冷气候下的踊动的滚烫的诗心。但愿这组文章能给现代诗歌史的研究者和广大读者提供一些有价值的原始资料，作为研究这一诗歌群落的起步。""荷兰莱顿大学汉学家柯雷先生在北京大学访问期间，参加了北京大学中国新诗研究中心与《诗探索》编辑部举办的'当代中国诗歌'座谈会，并就海外汉学界研究中国当代诗歌的现状做了专题发言。本照'他山之石，可以攻错'的古训，本辑在'诗坛态势剖析'栏目中特把柯雷先生的发言刊登出来，希望能对新时期的诗坛提供某些观照与思考的新的角度。"

1995年

  1995年3月,《诗探索》总第17辑出刊,卷首刊出林庚《新诗断想:移植和土壤》等文;《历史的沉思》栏刊出谢冕论文《20世纪中国新诗:1949—1978》;《诗学研究》栏刊出郑敏的报告录音整理稿《诗歌与文化——诗歌·文化·语言(上)》;《当代诗歌中的"后现代"问题》栏刊出旻乐的诗论《诗之"后"患》;《女性诗歌研究》栏刊出沈奇《角色意识与女性诗歌》、汪剑钊《女性自白诗歌:"黑夜意识"的预感》等文;《女诗人自白》栏刊出翟永明《再谈"黑夜意识"与"女性诗歌"》、唐亚平《我因为爱你而成为女人》等文;《姿态与尺度》栏刊出苇岸《最后的浪漫主义者——诗人黑大春》等文。是期起改由中国社会科学出版社出版,印数5000册。《编后絮语》讲:"为迎接即将在北京召开的联合国第四次世界妇女大会,本辑组织了一批女性诗歌研究的系列文章,既有对女性诗歌的定位与特征的理论探讨,又有对活跃在当前诗坛的有代表性的女性诗人的研究,并在'女诗人自白'一栏中发表了翟永明、唐亚平、海男谈自己的创作追求、与读者款通心曲的文章,相信会对读者了解并把握当前我国女性诗歌现状有所帮助。""去年10月31日,郑敏先生在我刊召开的'当代新诗发展研讨会'上做了题为《诗歌·文化·语言》的学术报告,受到与会者的热烈欢迎。我们拟把已经郑敏先生审阅的报告录音整理稿在'诗学研究'栏中分两次刊出,以飨读者。""'姿态与尺度'是本辑新推出的栏目。'姿态'是指诗人在诗坛上独具个性的表现与风姿,'尺度'就批评家而言是指所持的批评标准,就诗人而言是指自己写作中遵循的法度与原则,如海德格尔所说:'写诗就是去接受尺度。''姿态与尺度'意在推出更多的诗坛新人,他

《诗探索》总第 17 辑（1995）

们有的已凭自己的作品在读者中有相当影响，有的虽尚不为人知，但其诗作在某些方面确有突出建树。这一栏目与本刊已有的'诗人研究'（以评论现当代诗歌史上有重要贡献与影响的诗人为主）、'结识一位诗人'（以介绍当代有较大影响的青年诗人为主）、'海外华文诗界剪影'等栏目一起，立体地、多层次构成了我刊诗人论的版面。"

1995 年 5 月 20 日 《诗探索》编辑部主办的"当代女性诗歌：态势与展望座谈会"在北京举行。《诗探索》总第 19 辑刊出陈旭光的《凝望世纪之交的前夜——"当代女性诗歌：态势与展望"研讨会述要》。《述要》讲："鉴于'女性诗歌'取得的引人瞩目的实绩及相应的诗歌批评的薄弱状况，也为了迎接世界第四次妇女大会在北京的召开，《诗探索》于总第 16 辑（1994）推出了'女性诗歌研究'小辑，集中地刊发了一组研究'女性诗歌'的文章及女诗人翟永明、海男、唐亚平等的最新'自白'。稍后，1995 年 5 月 20 日，《诗探索》编辑部又在北京文采阁邀集在京部分诗人、诗评家举办了'当代女性诗歌：态势与展望'座谈会。与会者就'女性诗歌'的命名与定位、态势与展望、实绩与误区、与西方女权思想、'自白派'诗歌的关系等问题，展开了热烈深入，甚至在许多地方针锋相对的争议和探讨。座谈会由《诗探索》主编谢冕、杨匡汉、吴思敬主持。在京部分诗人、诗评家郑敏、屠岸、洪子诚、李小雨、沈奇、崔卫平、汪剑钊、臧棣、林祁、戴杰，荷兰莱顿大学汉学博士、北京大学国际访问学者贺麦晓，《诗探索》编辑部的林莽、刘士杰、刘福春、陈旭光、陈曦、李华等参加了会议。"

1995 年 6 月 《诗探索》总第 18 辑出刊，卷首刊出张志民的诗论《学诗琐记》；《历史的沉思》栏刊出谢冕论文《20 世纪中国新诗：1978—1989》；《诗坛态势剖析》栏刊出林耀德《世纪末台湾现代诗传播情境》等文;《诗歌语言问题》栏刊出马大康《诗,语言的共和国》、南野《诗歌语言两种向度的探讨》等文;《诗人研究》栏刊出公木《干雷酸雨走飞虹》、陈仲义《论罗门的诗歌艺术方式》等文;《结识一位诗人》栏刊出于坚《传统、隐喻与其他》、胡彦《于坚与诗的本质》等文;《姿态与尺度》栏刊出肖开愚《生活的魅力》等文。

1995年9月　《诗探索》总第19辑出刊,卷首刊出白桦的诗论《诗的逃避与被逃避》;《诗歌精品点评》栏刊出余光中作、洪子诚点评的《白玉苦瓜》;《诗坛态势剖析》栏刊出橡子《清理与批判:汉语诗歌写作的三种方式》等文;《女性诗歌研究》栏刊出臧棣《自白的误区》、崔卫平《在诗歌中灵魂用什么语言说话》、郑敏《女性诗歌研讨会后想到的问题》等文;《结识一位诗人》栏刊出伊沙《饿死诗人　开始写作》、李震《伊沙:边缘或开端——神话/反神话写作的一个案例》等文;《关于芒克》栏刊出林莽《芒克印象》、唐晓渡《芒克:一个人和他的诗》等文。

1995年10月6—7日　《诗探索》编辑部与北京大学新诗研究中心主办的"新加坡诗人槐华作品研讨会"在北京文采阁与北京大学举行。与会者对槐华先生严谨的创作态度、献身"缪斯"的真挚情怀做了高度的评价,同时针对槐华作品中存在的某些不足,也本着实事求是的精神与槐华先生进行了坦诚的交流与探讨。研讨会由谢冕、杨匡汉、吴思敬主持,牛汉、杜运燮、屠岸、洪子诚等诗人、学者和新加坡青年诗人秦真、马来西亚作家爱薇、美国芝加哥大学博士江克平应邀出席。著名作曲家、"西部歌王"王洛宾先生特地从新疆赶来参加研讨会,即席把槐华的诗篇《昨天,今天》谱曲并演唱。[五昌、旭光:《新加坡诗人槐华作品研讨会在京举行》,《诗探索》总第20辑(1995)]

1995年10月　林莽主编的《诗探索之友丛书》由新华出版社出版,有陈傻子《嘴唇新生了》、方泉《痕迹》、古诺《午夜漫游》、林莽《永恒的瞬间》、周培礼《雪韵弥梦》等诗集。

1995年12月6日　由北京大学中国语言文学研究所等主办,《诗探索》编辑部协办的"罗门、蓉子创作世界学术研讨会暨《罗门、蓉子文学创作系列》推介礼"在北京大学举行。罗门、蓉子、郑敏、邵燕祥、谢冕、严家炎、张炯、费振刚、汪景寿、洪子诚、杨匡汉、刘湛秋等诗人、学者和日本东京大学教授藤井省三等 40 余人参加了会议。北京大学语言文学所所长、《诗探索》主编谢冕致开幕词,盛赞这次台湾诗人与大陆诗歌界同仁的聚会研讨意义深远,"标志着阻隔四十余年之后的两岸学术文化交流正在走向全面、深入的正常发展的阶段"。中国社会科学出版社总编辑王俊义详细介绍了该社推出《罗门、蓉子文学创作系列》丛书的缘由及经过,高度评价了罗门、蓉子夫妇的诗歌创作取得的重大成就和深远影响,阐明了此套丛书的出版对于推动和促进海峡两岸文学艺术交流所必将产生的积极作用。会后,《诗探索》编辑部举办了读诗会,与罗门、蓉子一起研读了二位诗人的诗作。吴思敬、刘福春、陈旭光、臧棣、林祁、高秀芹、谭五昌、周金声等参加。[五昌、旭光:《罗门、蓉子创作世界学术研讨会在京举行》,《诗探索》总第 21 辑(1996)]

读诗会合影:吴思敬、刘福春、陈旭光、臧棣、林祁、高秀芹、谭五昌、周金声等

1995 年 12 月 《诗探索》总第 20 辑出刊,卷首刊出金克木的诗论《新诗断想》;《诗学研究》栏刊出陈良运《诗体变革与诗的繁荣》、简政珍《当代诗的当代性省思》文 2 篇;《第三代诗研究》栏刊出陈旭光《主体、自我和作为话语的象征——"后朦胧诗"转型论》、陈仲义《抵达本真几近自动的言说——"第三代诗歌"的语感诗学》等文;《关于林莽》栏刊出林莽《寻求寂静中的火焰》、陈超《林莽的方式》等文。

1996年

  1996年2月 《诗探索》总第21辑出刊,卷首刊出王家新《夜莺在它自己的时代——关于当代诗学》、程光炜《误读的时代》文2篇;《回望20世纪》栏刊出子诚《"重写诗歌史"?》、吴晓东《期待21世纪的现代汉语诗学》、李怡《传统:误读中的生长》等文;《经典重读》栏刊出谢冕、洪子诚主持的《"批评家周末":重读田间〈赶车传〉》;《纪念曹辛之》栏刊出唐湜《曹辛之(杭约赫)论》、臧棣《论杭约赫的诗歌艺术》文2篇;《第三代诗研究》栏刊出李振声《理解与感悟》、钟鸣《旁观与见证》等文;《西方诗论的反思与评介》栏刊出郑敏的论文《20世纪围绕语言之争:结构与解构》。

  1996年4月28日 《诗探索》编辑部与北京大学中国新诗研究中心主办的"青年诗人楚客作品研讨会"在北京举行。会议述要刊于1996年9月《诗探索》总第23辑。

  1996年6月22日 "新时期诗歌与歌词审美比较研讨会"在首都师范大学举行。会议由中国音乐文学学会、首都师范大学音乐文学研究所与《诗探索》编辑部共同发起,来自首都诗歌界、歌词界、新闻界

《诗探索》总第21辑(1996)

的评论家、诗人、词作家、记者等近20人参加了研讨会。《诗探索》总第23辑（1996）刊出晨枫的《诗词对话　共商繁荣——"新时期诗歌与歌词审美比较研讨会"综述》。

1996年6月　《诗探索》总第22辑出刊，卷首刊出郑敏的诗论《探索当代诗风——我心目中的好诗》；《"字思维"与中国现代诗学》栏刊出石虎《论字思维》、余仰仲《隔世的妙语——与石虎先生商榷》等文；《回望20世纪》栏刊出孙玉石《寻梦的回响：东方民族的现代诗》、王光明《回望百年中国诗歌》等文；《关于戈麦》栏刊出西渡《拯救的诗歌与诗歌的拯救——戈麦论》、桑克《第二次来临》等文；《当代诗歌群落》栏刊出李亚伟《英雄与泼皮》、杨远宏《我所认识的莽汉们》文2篇；《青年诗论家研究》栏刊出陈超《唐晓渡的诗歌批评》等文。

1996年8月26日　由新加坡诗人槐华编选的《半世纪的回眸——1938—1988热带诗选》首发式在北京大学举行，《诗探索》主编谢冕、吴思敬、杨匡汉主持。

1996年9月　《诗探索》总第23辑出刊，《纪念艾青》栏刊出牛汉《两次不同寻常的重逢——悼艾青》、杨匡汉《礁石依然站在这里》等文；《"字思维"与中国现代诗学》栏刊出石虎《字象篇》等文；《经典重读》栏刊出谢冕、洪子诚主持的《"批评家周末"：重读〈望星空〉》；《读诗会》栏刊出徐丽松整理的《读郑敏的组诗〈诗人与死〉》；《诗学研究》栏刊出叶橹的诗论《心理期待与阅读障碍》；《关于韩东》栏刊出韩东《问答——摘自〈韩东采访录〉》、小海《关于韩东》等文。

1996年11月8—10日　《诗探索》编辑部主办的"'字思维'与中国现代诗学研讨会"在北京国防大学同心宾馆举行，来自北京和外地的诗人、诗评家、画家、书法家、美学家等近40人参加了会议。研讨会就"字思维"学说、汉语诗歌结构特质、母语写作及"字思维"与中国现代诗学的关系等问题展开了热烈的讨论。高秀芹《"字思维"与中国现代诗学研讨会综述》刊于1997年3月《诗探索》1997年第1辑。

"字思维"与中国现代诗学研讨会合影

1996年12月 《诗探索》总第24辑出刊，卷首刊出王岳川《呼唤"人文理性"的跨世纪诗学》、席云舒《诞生我们自己的存在——我们的新历史主义观念与当下诗歌的困境》文2篇；《穆旦研究》栏刊出张同道《带电的肉体与搏斗的灵魂——论穆旦》、李方《解读穆旦诗中的"自己"》等文；《"字思维"与中国现代诗学》栏刊出郑敏《一场关系到21世纪中华文化发展的讨论：如何评价汉语及汉字的价值》等文；《经典重读》栏刊出谢冕、洪子诚主持的《"批评家周末"：重读何其芳〈回答〉》；《诗人研究》栏刊出[荷兰]贺麦晓的论文《中国早期现代诗歌中的现代性》；《诗人谈诗》栏刊出沈苇《我所理解的诗与诗人》等文。

1997年

1997年3月 《诗探索》1997年第1辑出刊,卷首刊出刘翔《乌托邦、理想主义和诗歌》、王一川《从"大海"回到"海"》文2篇;《昌耀研究》栏刊出燎原《高原精神的还原》、叶舟《昌耀先生》、昌耀《一份"业务自传"》文3篇;《诗坛态势剖析》栏刊出毛志成《诗,二十年,一场哗变》等文;《一家之言》栏刊出李汉荣《诗是女性的》等文;《姿态与尺度》栏刊出孟繁华《"独旅"诗人的承诺与限度——评张洪波的诗歌诗作》等文;《诗人谈诗》栏刊出郑单衣《写作:独立性与差异》、路也《怀旧使1996年漫长》文2篇。

1997年6月 《诗探索》1997年第2辑出刊,卷首刊出张清华的诗论《存在的巅峰或深渊:当代诗歌的精神跃升与再度困境》;《纪念邹荻帆》栏刊出邹海岗《诗心·诗人·诗情——纪念父亲》等文;《"字思维"与中国现代诗学》栏刊出王岳川《汉字文化与汉语思想——兼论"字思维"理论》等文;《诗坛态势剖析》栏刊出老杰人诗论《反思与拯救:90年代新诗写作》;《诗学研究》栏刊出蒋林《刷新经验:诗歌对往昔的重构与提升》等文;《女性诗歌研究》栏刊出林莽《李琦论》、沈奇《倾听:断裂与动荡——阎月君论》文

《诗探索》1997年第1辑

2篇;《关于王小妮》栏刊出徐敬亚《王小妮的光晕》、王小妮《1996年笔记》等文。

1997年7月12日 《诗探索》编辑部与朝阳区文化馆主办的"祖国,我对你说——张志民诗歌朗诵会"在北京举行。《诗刊》1997年9月号诗讯:"由《诗探索》杂志和北京市朝阳区文化馆联合主办的老诗人张志民创作的专题朗诵会'祖国,我对你说'在京举行。徐放、牛汉、蔡其矫、谢冕、杨匡汉、吴思敬、丁国成、韩作荣、张同吾、朱先树、卢祖品、林莽、刘士杰、刘福春等诗人、评论家以及听众百余人参加了朗诵会。""张志民夫妇带病参加了朗诵会并热情致辞。"《诗探索》主编谢冕在会上致辞,致辞题为《崇山峻岭中生长的生命是坚强的》刊于1997年9月《诗探索》1997年第3辑。

张志民在"祖国,我对你说——张志民诗歌朗诵会"发言

1997年9月5日 《诗探索》编辑部与北京大学中国新诗研究中心主办的"胡宽诗歌作品研讨会"在北京文采阁召开,诗人、诗评家和学者40多人出席了研讨会。与会者就胡宽诗歌创作的特殊现象,其作品的精神与艺术特质,进行了极为热烈而深入的研讨。会议综述题为《除了诗 一无所有》刊于1997年12月《诗探索》1997年第4辑。

1997年9月 《诗探索》1997年第3辑出刊,卷首刊出谢冕的文章《崇山峻岭中生长的生命是坚强的》;《"字思维"与中国现代诗学》栏刊出高秀芹《"字思维"与现代诗歌语境》等文;《象征主义诗歌研究》栏刊出吴晓东《中国现代诗人对象征主义诗艺的探索》等文;《女性诗歌研究》栏刊出陈卫《泛论中国现代女性诗歌的独特文化意蕴》等文;《姿态与尺度》栏刊出蒋登科《论张新泉的诗歌创作》、兮父《向死而生——灰娃诗歌解读》等文;《诗人谈诗》栏刊出严力的诗论《母语和语言的感受》。

张仃先生

1997年10月18日 画家张仃先生向《诗探索》捐款四万元人民币。是日张仃先生致信说:"《诗探索》是一个很有品位、很严肃的诗歌理论学术刊物。我经常拜读,很受启发,为你们所做的工作深感敬佩。听说你们经济上遇到一些困难,作为一名艺术劳动者,我将自己的一幅作品拍卖所得肆万元人民币赠送贵刊,杯水车薪,聊表寸心。""像《诗探索》这样的刊物,理应更好地生存下去。"

1997年10月22日 《诗探索》编辑部主办的"灰娃诗集《山鬼故家》研讨会"在北京国林风书店举行。《诗探索》1997年第4辑刊出李兆忠的《"灰娃现象"的启示——〈山鬼故家〉研讨会纪要》。《纪要》讲:"诗论家谢冕在充满激情的发言中认为,灰娃的生命奇迹是诗对她的神启,读了灰娃的诗,让人感到那个时代少有的坚韧和崇高,是生活在同一时空中的人们很难达到的。像《墓铭》《我额头青枝绿叶》等都是用生命写成的,有着罕见的真情,可以说达到了作为诗人的至高的境界,一切满足于技巧的炫示和装饰的诗,在这里都将感到羞愧无言。灰娃的诗让人领略到普遍贫乏的年代里的富庶,令人绝望的环境中仍然存在着这样高贵而无畏的灵魂。这一切都让人深信,尽管人世间充满忧愁和苦难,有一种东西,它可以战胜并超越一切苦厄,那就是用生命写成的诗。""诗人牛汉由《山鬼故家》悟出一个自造的词:野诗。这个出自诗人活泼的想象、算不上严格的学术意义上的命名,却点出了一个至关重要的问题。诗人说,他提出野诗,是有感于当今社会的一切都人工化、家养化,无论天上飞的、地上爬的,都已失去野性,剩下的只有天空;同样在精神界,一切也被圈养起来,一切都被规定好了,连鬼神都如此。纵观当今的诗人,没有几个称得上野的,自己虽有野性,但被圈起来,擦得满身是血迹,写出来的仍然称不上野诗,至于现在的女诗人,都是小天小地,优美典雅,完完整整,规规矩矩,没有一点野性。这位经历了无数磨难的老诗人情不自禁地呼吁:野性千万不能泯灭!什么叫野性?野性就是天性,就是未被污染的、未遭摧残的自然的本性,就是原创性。《山鬼故家》称得上是野诗,在中国新诗史上极为少见,自1916年新诗发端到现在,没有看见过第二本这样的诗集,人工的、技巧的痕迹几乎看不到。"

1997年12月 《诗探索》1997年第4辑出刊,卷首刊出王家新《中国现代诗歌自我建构诸问题》、宋杰《乔装的赫耳墨斯——关于当前某些诗歌观念的断想》文2篇;《冯至研究》栏刊出方李珍《对存在的关怀:从生命忧患到生命超越——论冯至20年代与40年代的诗歌创作》、段从学《冯至:〈十四行集〉与中外诗歌文化》等文;《诗学研究》栏刊出孙基林《非非主义与西方语言哲学》等文;《女性诗歌研究》栏刊出朱先树的诗论《论林珂的诗歌创作》;《诗人研究》栏刊出伍方斐的文章《顾城后期诗与诗学心理分析》;《新诗理论著作评介》栏刊出辜钟《诗歌大潮的理论涛声——读〈中国朦胧诗人论〉和〈诗的哗变〉》、李怡《建构中的现代诗歌符号美学》文2篇。

1998年

1998年1月10日 《诗探索》编辑部会议在北京文采阁召开，讨论近期诗歌问题，决定开次讨论会。谢冕、杨匡汉、吴思敬、刘士杰、林莽、刘福春、陈旭光参加。

1998年3月20—22日 由北京作家协会、中国当代文学研究会、清华大学中文系和《诗探索》编辑部联合主办的"后新诗潮研讨会"在北京北苑宾馆举行，在京和来自全国各地的诗歌评论家、诗人和学者40多人竞相发言，涉及议题广泛，争鸣热烈深入，展示出对中国当代诗歌批评全面反思的势态。会议纪要题为《当代中国诗歌批评反思》刊于1998年6月《诗探索》1998年第2

《诗探索》编辑部会议

辑。韩小蕙讲:"为期两天半的会议以争论开始又以争论结束,没有结论,谁也说服不了谁,沟而不通。不以年龄、门户、地位而只以观点的不同,形成了'基本肯定'和'基本否定'两大派意见(中间还有许多小的交叉)。""以谢冕、郑敏、孙绍振(未到会,书面发言)为首的一派,或可称为'批评派'。这几位当年大力为新诗潮鸣锣开道的学者,今天却对后新诗潮提出严厉批评,主要是批评后新诗潮诗人们跟在西方后面简单模仿,以'独语的个人化'为由,使诗歌创作脱离了大众、现实和时代,诗歌成了今天读者最少关心的文学形式。谢冕提出两个问题:1.诗歌与时代相联系的可能性与连接点在哪里?2.除了关心自己,诗人们应该为公众的审美关怀做些什么?郑敏指出,从内容上说,太多地拿西方做参照,只是挖掘个人的痛苦,就没有了历史感、没有了目标,缺的是把中国古典精神转化成当代意识;从形式上说,引进是必然的,但不能仿制外形,失掉了真正的内涵,她说:'我的痛苦在于,老是从我们的诗作中发现国外的原型,而我们的诗人又写得远远不及国外的原作。'"另一派以吴思敬、陈超、唐晓渡等为代表,或可称为'褒扬派'。他们与'批评派'的观点截然相反,认为后新诗潮写出了新的文本,文学史上将会留下他们的名字。吴思敬说,应该依据最优秀诗人的作品作为高度,现在的后新潮诗被舆论界和领导人描绘成一片空白,我们要站出来说话。陈超认为,表面上看,后新诗潮没有与时代相联系,实际上,捍卫住个人的感情,这就是时代的命题,本身就是非常崇高的。唐晓渡激愤地说,有些出于'使命感'和'责任感'的批评文章是最不负责任的,不能言不及文本;关键在于对现实和时代怎样理解,'其实是没有自在的、既在的现实与时代的',重要的是要改变自己的眼光。""'褒扬派'的观点得到后新诗潮诗人和青年诗评家们以及在校博士生、硕士生们的大力支持,而'批评派'则受到激烈的否定。"(《后新诗潮诗人说:不是我们写得不好……》,1998年4月16日《文论报》)

1998年3月 《诗探索》1998年第1辑出刊,卷首刊出于坚《诗歌之舌的硬与软:关于当代诗歌的两类语言向度》、小海《诗到语言为止吗?》、席云舒《自恋与逍遥——90年代诗坛的山林意识辨析》文3篇;《"字思维"与中国现代诗学》栏刊出石虎《神觉篇》文1篇;《诗学研究》栏刊出陈仲义《体验的亲

《诗探索》1998年第1辑

历、本真和自明：生命诗学》等文；《食指研究》栏刊出林莽《食指论》、李宪瑜《食指：朦胧诗人的"一个小小的传统"》等文；《诗人研究》栏刊出唐湜的论文《诗人唐祈在四十年代》；《姿态与尺度》栏刊出肖开愚《犹如操场从半空落下，犹如上午——臧棣和他的诗》等文；《诗人谈诗》栏刊出西渡《思考与解释》等文。

1998年4月19日 由中国改革报社、作家出版社和《诗探索》编辑部联合举办的"刘以林诗歌作品研讨会"在北京文采阁举行。研讨会由《诗探索》主编吴思敬主持。研讨会综述《刘以林诗歌作品研讨会在京举行》刊于《诗探索》1998年第3辑。

1998年5月1—3日 "'98诗歌创作交流会"在济南召开，《诗探索》编辑部参会。《诗神》月刊1998年第6期诗讯："为研讨现代新诗创作走向与成果，加强诗界的交流与合作，''98诗歌创作交流会'5月1—3日在山东济南举行。《诗刊》《星星》《诗探索》《诗神》等刊物及来自国内二十余个省区的诗人、诗评家与近百名诗歌爱好者就'诗的文本建设''现代诗的质量追求'及诗歌的创作经验、技巧等进行了热烈的研讨与交流。"

1998年6月12日 《诗探索》编辑部与郭沫若故居联合举办的"现代诗歌朗诵会"在北京郭沫若故居举行。《人民日报》（海外版）消息："郭沫若逝世20周年和郭沫若故居开放10周年之际，一场气氛热烈、别开生面的'现代诗歌朗诵会'，在京城诗歌爱好者中产生了良好反响。""300余位诗人、评论家、表演艺术家和诗歌爱好者坐满了郭沫若故居的庭院和回廊。参加表演的不仅有朱琳等艺术家，牛汉、杜运燮、李瑛、邹静之、王家新、食指等老一辈诗人和青年诗人也纷纷登台，朗诵了自己的旧作新篇，受到与会者的热烈欢迎。这次诗

"现代诗歌朗诵会"现场

歌朗诵会是由郭沫若故居和《诗探索》编辑部联合举办的。"[苗春《"现代诗歌朗诵会"别开生面》,1998年6月29日《人民日报》(海外版)]

1998年6月17日 中国社会科学院侨联海外交流中心与《诗探索》编辑部联合主办的"吴岸诗歌研讨会"在北京举行。诗人、学者李瑛、邵燕祥、牛汉、谢冕、雷抒雁、刘湛秋、叶延滨、张同吾、杨匡汉、吴思敬等和马来西亚著名华裔诗人吴岸、马来西亚华裔作家梁放以及60多位各界来宾出席了会议。研讨会综述《世界华文诗坛的奇葩——记北京"吴岸诗歌研讨会"》刊于《诗探索》1998年第3辑。

1998年6月 《诗探索》1998年第2辑出刊,卷首刊出姜涛《叙述中的当代诗歌》、西渡《历史意识与90年代诗歌写作》文2篇;《"后新诗潮"研究》栏刊出郑单衣《80年代的诗歌储备》、陈旭光《先锋的使命与意义——为"后新诗潮"一辩》、张清华《论"第三代诗歌"的新历史主义意识》等文;《"字思维"与中国现代诗学》栏刊出章亚昕的文章《"字思维"与汉诗学》;《海外华文诗界剪影》栏刊出叶延滨《吴岸诗歌解读》等文。

1998年6月 林莽、刘福春编的《诗探索金库·食指卷》由作家出版社出版。收有《海洋三部曲》《相信未来》《这是四点零八分的北京》《我这样写歌》

《诗探索金库·食指卷》

等诗,后附《食指(郭路生)生平年表》《食指诗歌创作目录(现存部分)》。有林莽序《食指论》和编者《编后记》。《编后记》讲:"这是早应出版的一本诗选,也许它晚了二十年。时间是无情的,它使原本与时代生活息息相关的一本书,几乎变成了一个纪念性的文本。食指——这个为一代人立言的划时代的诗人,在经历了重大的历史变迁后,他的作品依旧闪烁着不熄的光焰。历史和人民不会忘记。食指诗歌的价值是永存的。""近几年,食指逐步得到了某种关注,报纸、杂志、电视台等新闻媒介不断出现关于他的采访和报道。作为一个具有传奇色彩的诗人,人们对他生存现状关心的同时,更想了解的是他的作品;然而,到目前为止,仍没有一本较为全面的作品集。为此,我们于去年开始着手这件工作。""为了献给读者一本具有研究价值的作品集,我们从食指现有的131首作品中,选出了81首,其时间跨度达三十年,它们较完整地反映了食指多年来呕心沥血的创作成绩。为了让读者更深入地了解食指,书中除了他的同代诗人林莽撰写的《食指论》外,还附有《食指生平年表》和《食指诗歌创作目录》及二十几幅照片,这些将给研究者一份更加完整的资料。"

1998年9月5日 《诗探索》编辑部与国林风图书公司主办的"一代诗魂、朦胧诗先驱——食指诗歌朗诵会"暨签名售书在北京国林风书店举行,食指、谢冕、吴思敬、钱理群、林莽、刘福春等参加。《诗探索》1998年第4辑刊出钱理群的《"跨越了精神死亡的峡谷"的自由歌唱——在〈诗探索金库·食指卷〉发行座谈会上的发言》,发言讲:"我们仍要感谢食指。人们说,幸亏有了一个顾准,否则中国的学者就对历史交了一份白卷。我们也可以说,幸亏有了食指(和他的伙伴),否则中国的诗人真要愧对自己的时代了。"

钱理群在"一代诗魂、朦胧诗先驱——食指诗歌朗诵会"上发言

1998年9月25日 《诗探索》编辑部与北京国际艺苑皇冠假日饭店主办的"北京之秋 现代诗歌朗诵会"在皇冠假日饭店举行,郑敏、牛汉、杜运燮、蔡其矫、蓝棣之、吴思敬、任洪渊、韩作荣、食指、林莽、邹静之、欧阳江河、王家新等参加。

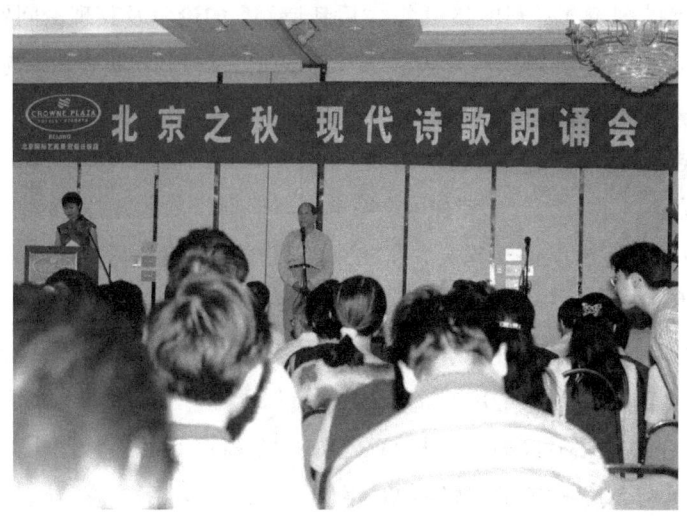

北京之秋 现代诗歌朗诵会

1998年9月26—27日 "两岸诗刊学术研讨会"在台北举行,《诗探索》主编杨匡汉发表论文。《诗刊》1998年12月号刊出文晓村《诗学的盛宴——记"两岸诗刊学术研讨会"》,文晓村讲:"为促进两岸文化学术交流,台湾中国诗歌艺术学会,经八个月的筹备,于1998年9月26日、27日,在台北市台湾师范大学举行了一项为期两天六场的'两岸诗刊学术研讨会',发表19篇论文。""在19篇论文中,属于台湾方面的有11篇,撰稿人分别为《现代诗》发行人罗行,《蓝星》同仁张健,《创世纪》同仁丁威仁,《葡萄园》发行人文晓村,《笠》同仁莫渝,《秋水》主编涂静怡,《大海洋》创办人朱学恕,《海鸥》创办人陈锦标,《台湾诗学》主编萧萧,《乾坤》创办人蓝云,静宜大学讲师向阳。""大陆方面论文8篇,撰稿人分别为北京《诗刊》社编委编审朱先树,《诗探索》主编杨匡汉,《民族文学》编审蒙古族诗人查干,重庆西南师大中国新诗研究所所长吕进,成都《星星》诗刊主编杨牧,江苏省作家协会副主席赵恺,上海大学副教授张烨,广州《华夏诗报》主编陈绍伟。"

1998年9月 《诗探索》1998年第3辑出刊,卷首刊出王性初《并不遥远的呼吁——保护诗坛的生态平衡》、李霞《90年代汉诗写作新迹象》文2篇;《杜运燮研究》栏刊出唐湜《杜运燮论》、邵燕祥《杜运燮式的发现》等文;《"后新诗潮"研究》栏刊出郜积意《"后新诗潮"的论争及其理论问题》、孙基林《"第三代"诗学的思想形态》等文;《诗学研究》栏刊出奚密《诗与戏剧的互动:于坚〈0档案〉探微》等文;《诗人谈诗》栏刊出伊沙《伊沙:我整明白了吗?》、侯马《抒情导致一首诗的失败》文2篇。

1998年11月22日 《诗探索》编辑部与朝阳区文化馆主办的"相信未来,热爱生命——诗歌朗诵演唱会"在北京朝阳区文化馆举行。1998年11月26日《文艺报》刊出文新的报道《食指诗歌再掀热潮》。

1998年12月 《诗探索》1998年第4辑出刊,卷首刊出钱理群《"跨越了精神死亡的峡谷"的自由歌唱——在〈诗探索金库·食指卷〉发行座谈会上的发言》、严力《现代诗歌的分析与展望》文2篇;《诗坛态势剖析》栏刊出席云舒《自圣与自虐》、梁雨《倾听90年代》文2篇;《"字思维"与中国现代诗学》栏刊出魏家川《从"字思维"看"玩"的诗性维面》等文;《新作点评》栏

"相信未来,热爱生命——诗歌朗诵演唱会"上朋友们上台与食指合诵《相信未来》

刊出徐江的诗评《诗也可以这样经营吗——读侯马的〈种猪走在乡间路上〉》;《十四行诗研究》栏刊出屠岸《关于十四行诗的通信》、许霆《十四行体移植中国的文化分析》等文;《关于田晓青》栏刊出李大卫《在隐喻的流放地守望——田晓青和他的诗歌艺术》、苇岸《写诗是我保留的一个权利——诗人田晓青访谈录》文2篇。

1999 年

1999 年 3 月 28 日 《诗探索》编辑部在朝阳区文化馆举办座谈会，祝贺日本学者秋吉久纪夫翻译的《现代中国诗人丛书》10 卷出齐。郑敏、牛汉、谢冕、孙玉石、杨匡汉、吴思敬、刘士杰、林莽、刘福春、王家新、韩小蕙及戴望舒、冯至、卞之琳、何其芳子女等参加了座谈会。活动综述题为《有一位日本老人》，刊于 1999 年 6 月《诗探索》1999 年第 2 辑。

1999 年 3 月 《诗探索》1999 年第 1 辑出刊，卷首刊出谢有顺《诗歌与什么相关》、孙绍振《关于所谓"脱离人民"的理论基础》、沈奇《秋后算账——

祝贺日本学者秋吉久纪夫翻译的《现代中国诗人丛书》10 卷出齐座谈会后合影

1998：中国诗坛备忘录》文3篇；《90年代诗歌纵横谈》栏刊出李霞《汉诗新世纪：诗人写作或"我"的写作》、王珂《为何出现"萧条论"——为90年代诗歌一辩》等文；《郑敏研究》栏刊出张桃洲《试论郑敏诗思与诗学言路的共通性》、郑敏《胡"涂"篇》等文；《结识一位诗人》栏刊出张柠《飞翔的蝙蝠——翟永明论》、钟鸣《翟永明诗二首点评》、翟永明《献给无限的少数人》文3篇；《嘉陵江诗话》栏刊出沈泽宜《说说"个人化"》、赵琨《检讨我们的批评话语》等文。

1999年3月 崔卫平编的诗论集《不死的海子》由中国文联出版社出版，为"诗探索金库"之一种。收有骆一禾《海子生涯》、西川《怀念》、奚密《海子〈亚洲铜〉探析》、崔卫平《真理的祭献》、燎原《孪生的麦地之子》等文，分为《文化怀念》《思想探析》2篇，后附海子《遗诗遗文》。有谢冕《序》。

1999年4月16—18日 由北京作家协会、中国社会科学院文学研究所当代室、北京文学杂志社、《诗探索》编辑部联合举办的"世纪之交：中国诗歌创作态势与理论建设研讨会"在北京平谷盘峰宾馆召开，近40位诗人、诗歌理论家和批评家参加了会议。与会者在会上产生明显分歧与争执，于坚、伊沙、沈奇等主张"民间写作"，指责"知识分子写作"是以翻译诗歌为写作资源，脱离中国经验，脱离现实，脱离生活，作品不知所云。王家新、唐晓渡、孙文波、臧棣、西渡等反击对方是有意歪曲，没有谁用"知识分子写作"去压制其他写作，认为"知识分子写作"是当代中国特定语境中的产物，所以提出是因为它的缺席；而现今是否真有纯粹的"民间写作"倒是值得怀疑的。会议综述《一次真正的诗歌对话与交锋——"世纪之交：中国诗歌创作态势与理论建设研讨会"述要》（张清华）刊于《诗探索》1999年第2辑，《北京文学》《中国青年报》《北京日报》等做了报道。《盘峰诗会资料汇编·编者按》讲："1999年春天，《诗探索》在北大五号院召开编辑部工作会议，讨论到沈奇的文章《秋后算账》是否可用时，林莽提出开一个先锋诗歌内部的不同写作倾向的研讨会，就当前的一些不同观念展开争执，请矛盾焦点上所有的诗人和评论家，大家将意见摆到桌面上来，开一个'打架'的会。""这一提议得到了大家的赞同，都认为这是一个有关诗歌创作不同美学观念的争执，这一问题已经不是今天才产生的,它存在了近十年了,这个会一定会对中国当前的诗歌发展有推动作用。""这一提议也得到三位主编的赞同,谢冕老师提出尽快开,杨匡汉说当代文学研究会可出部分会议经费,吴思敬给会议定名为:'世纪之交:中国诗歌创作态势与理论建设研讨会'。""因为会议经费问题,林莽找到北京作协李青秘书长和《北京文学》章德宁主编,请她们支持这个会议的召开,她们答应作为主办单位,并负责不足的会议经费。李青和林莽找到北京作协理事、平谷的作家柴福善,请他帮助联系了平谷的盘峰宾馆作为本次会议的会址。""会议于1999年4月16—18日在平谷盘峰宾馆如期举行。会议通知的人员,除诗人韩东未出席外,其他人都出席了会议。他们是:陈超、唐晓渡、王家新、程光炜、西川、于坚、伊沙、徐江、小海、车前子、杨克、孙文波、张清华、臧棣、西渡、沈奇、侯马、陈仲义。会议的主办方和记者有谢冕、吴思敬、任洪渊、林莽、刘福春、刘士杰、李青、章德宁、兴安、柴福善、张颐雯、彭俐等。"(2012年4月《诗探索中国新诗会所会刊》2012年第1期)吴思敬讲:"今年这个会在开会之前已发出了一些不同的观点,这次会议一个重要特点是它的分歧实际上在青年诗人中间。以前都是两代人之间(包括上次关于'后新诗潮'的论辩)。""这次会议我们最初策划和邀请的没有老诗人,主要以评论家为主,同时邀请一些关心评论的或兼写过某些评论的诗人。这样这次青年诗人和青年批评家比较多。我感觉到青年诗人当中现在已经产生出了尖锐的分歧,我们估计到这种情况,但我们认为把气儿憋在底下,不如给它提供一个机会,一个场合,让大家当面锣、对面鼓,让一些事情越争越明。我们认为让年轻人当面争论对诗歌的发展是有好处的,我们并不要求会议上就要争出个什么长短来,不要求有结论,交流就是目的。这个提法本身代表了我们主办者的初衷。要诗人放弃自己的观念不可能,只要他们得到交流,我们的目的就达到了。"(1999年7月26日《太原日报·双塔文学周刊》第35期)

  1999年6月 《诗探索》1999年第2辑出刊,《诗坛态势剖析》栏刊出陈仲义《日常主义诗歌——论90年代先锋诗歌走势》、王光明《个体承担的诗歌》、徐江《俗人的诗歌权利》、孙文波《我理解的90年代:个人写作、叙事及其他》、王家新《知识分子写作,或曰"献给无限的少数人"》、西渡《对几个

世纪之交：中国诗歌创作态势与理论建设研讨会

问题的思考》等文；《牛汉研究》栏刊出张同道《动物、植物与空旷：牛汉诗的灵魂之旅》、子张《让历史在历史的视野中显现真实》等文；《诗学研究》栏刊出钱理群《论现代新诗与现代旧体诗的关系》、刘以林《"新自由体"诗宣言》等文；《新诗理论著作评介》栏刊出荞平《走向新的综合——读李怡〈中国现代新诗与古典诗歌传统〉》等文；《外国诗论译丛》栏刊出［荷兰］柯雷著、谷力译的论文《多多的早期诗歌》。

1999年9月 《诗探索》1999年第3辑出刊，《关于北大诗歌》栏刊出西渡《诗歌的校园》、胡续冬《北大诗歌在90年代》等文；《诗坛态势剖析》栏刊出于坚《真相——关于"知识分子写作"和新潮诗歌批评》、张曙光《90年代诗歌及我的诗学立场》、姜涛《可疑的反思及反思话语的可能性》、张清华《90年代诗坛的三大矛盾》等文；《绿原研究》栏刊出胡洪涛《读绿原》、叶橹《睿智融入深情》等文；《诗学研究》栏刊出陈旭光《从"感性"到"知性"——中国现代主义诗歌"诗学革命"论之一》等文；《姿态与尺度》栏刊出阿羊《暗夜歌者——评灰娃的诗》等文。

1999年11月12—14日 《诗探索》编辑部与《中国新诗年鉴》编委会联

合主办的"'99中国龙脉诗会"在北京召开。会议综述题为《世纪末诗学论争在继续》刊于《诗探索》1999年第4辑。综述讲:"今年4月在北京平谷盘峰宾馆举办的被称作'盘峰论剑'的研讨会上,持有不同立场和观点的诗人、诗评家展开了激烈的交锋和论争,之后又分别在多家报纸杂志上发表文章,展开讨论,在诗坛内外引起了强烈反响。为使持有不同观点的诗人和批评家能够坦诚相见,以加强诗歌界的团结,促进诗歌创作的发展与繁荣,迎接新世纪的到来,《诗探索》编辑部与《中国新诗年鉴》编委会于1999年11月12日至14日联合主办了''99中国龙脉诗会'。""此次会议因持有'知识分子写作'立场和观点的诗人、诗评家大多未能与会,这多少使与会者感到遗憾,尤其对一些持有'民间立场'的诗人,这使他们有'如入无人阵中'的孤独,就如伊沙所说,他站在首都师大门口,有一种失去对手后的'无边的空虚'。"

"'99中国龙脉诗会"会场

1999年12月 《诗探索》1999年第4辑出刊,《诗坛态势剖析》栏刊出臧棣《当代诗歌中的知识分子写作》、王家新《从一场濛濛细雨开始》、孙文波《论争中的思考》、杨克《并非回应——关于〈1998中国新诗年鉴〉的多余的话》、沈浩波《后口语写作在当下的可能性》等文;《唐湜研究》栏刊出王晓华《灾难的历程与"幻美之旅"——简论唐湜的诗歌创作》、唐湜《我在40年代的诗艺探索》等文;《诗学研究》栏刊出王家平《在苦难中探寻获救之路——论"文革"时期"流放者诗歌"》等文;《姿态与尺度》栏刊出彭燕郊《思想者的诗》、孟繁华《现代生存体验中的古典心性——读杨晓民的诗》等文。

2000年

2000年7月 《诗探索》2000年第1—2辑出刊，卷首刊出谢冕《新诗与新的百年》、孙玉石《新诗与传统关系断想》、张桃洲《以诗代史：20世纪汉语诗歌叙述》文3篇；《诗坛态势剖析》栏刊出沈奇《中国诗歌：世纪末论争与反思》、雷世文《90年代诗歌创作的零度风格》等文；《新诗文本细读》栏刊出欧阳江河《命名的分裂：读商禽的散文诗〈鸡〉》等文；《林庚先生新诗创作与新诗理论研讨会论文选辑》栏刊出洪子诚《林庚先生和新诗》、张玲霞《"古园"之"爱"——林庚清华时期的诗歌创作》等文；《陈敬容研究》栏刊出唐湜《论陈敬容的前期诗歌》等文；《结识一位诗人》栏刊出耿占春《瞬间在持续——读沈苇诗札记》等文。是期起改为中国当代文学研究会、首都师范大学中国诗歌研究中心主办，天津社会科学院出版社出版，印数4000册。

《诗探索》2000年第1—2辑

2000年12月 《诗探索》2000年第3—4辑出刊，卷首刊出桑克《胡适的实验和王力的诗法——对20世纪中国现代汉语诗歌写作研究两个节点的提出与梳理》、李怡《大西南文化与新时期诗歌的消长》文2篇；《诗坛态势剖析》栏刊出王家新《纪念一位最安静的作家》和沈浩波、侯马、李红旗《关于当代中国新诗一些具体话题的对话》等文;《辛笛研究》栏刊出蒋登科《注重自我感触与现代意境的营造——辛笛早期的诗歌创作》、辛笛《我与诗》等文;《彭燕郊研究》栏刊出石天河《险峰独步的彭燕郊》、彭燕郊《诉说自己》等文;《纪念昌耀》栏刊出金元浦《伶仃的荒原狼》等文;《诗人谈诗》栏刊出伊沙《我在我说——回答"90年代汉语诗研究论坛"》、宋逖《误读:在写作的边境上》等文。

2001年

2001年7月　《诗探索》2001年第1—2辑出刊，卷首刊出杨匡汉《以大智慧传达人类真实的声音》、桑克《互联网时代的中文诗歌》等文；《诗坛态势剖析》栏刊出陈旭光《"现实问题""语言资源""向上的路"与"向下的路"——世纪之交诗坛态势之旁观者言》、沈健《走向消费时代的诗歌》等文；《李金发研究》栏刊出孙良好《古典与现代纠结的艺术迷宫——走进〈微雨〉的世界》、李金发《答痖弦先生二十问》等文；《卞之琳研究》栏刊出孙玉石《卞之琳：沟通中西诗艺的"寻梦者"》等文；《曾卓研究》栏刊出罗振亚、龙泉明《苦难的升华——论曾卓的诗》等文；《结识一位诗人》栏刊出韩子勇《诗在新疆——北野诗歌谈片》等文；《诗论家研究》栏刊出蓝棣之的论文《九叶派诗歌批评理论探源》。

2001年12月　《诗探索》2001年第3—4辑出刊，卷首刊出薛世昌《我们和诗歌的现代冲突》等文；《诗坛态势剖析》栏刊出席云舒《困顿中的反思——关于世纪之交的诗坛现状及其局限》等文；《诗学研究》栏刊出杨然《诗歌泛灵写作的品质建筑》、张桃洲《重提新诗的格律问题》文2篇；《关于九叶诗派》栏刊出邵燕祥《关于"九叶"》等文；《袁可嘉研究》栏刊出廖四

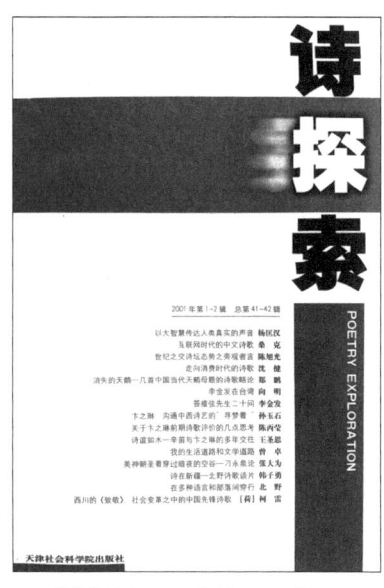

《诗探索》2001年第1—2辑

平《"新诗现代化":袁可嘉的诗论》等文;《关于杨克》栏刊出林少阳《试论八九十年代新诗创作中的口语化倾向——一个例证分析》等文;《结识一位诗人》栏刊出郎毛、吴元成《杨晓民论——兼论后海子时代的中国诗坛》等文。

2002年

2002年6月 《诗探索》2002年第1—2辑出刊，卷首刊出孙文波《中国诗歌的"中国性"》、刘翔《尴尬时代的抒情诗歌——论在中国当代诗歌格局中抒情诗的地位和意义》文2篇；《古代诗学思想与现代诗》栏刊出郑敏《中国新诗能向古典诗歌学些什么？》等文；《诗学研究》栏刊出陈太胜《从意象化抒情到事件化抒情》等文；《关于诗歌语言》栏刊出张桃洲《中国新诗话语研究论纲》等文；《网络诗歌研究》栏刊出胡慧翼的论文《向虚拟空间绽放的"诗之花"——"网络诗歌"理论研究现状的考察与刍议》；《洛夫研究》栏刊出龙彼德《洛夫与中国现代诗》等文；《结识一位诗人》栏刊出小榭《谢湘南需要什么样的诗歌？》等文。

《诗探索》2002年第1—2辑

2002年8月4—7日 《诗探索》编辑部主办的"'字思维'与中国现代诗学第二次研讨会"在北京召开，来自海内外的诗人、评论家、画家、书法家、语言学家等近40人参加了会议，会议就"字思维"命题的提出、"字思维"命题的内涵、汉字与母语文化特征、汉语与中国现代诗学、汉语文化的传承等问题进行了探讨。研讨会综述《当此关口 回到未来——"字思维"与中国现代诗学第二次研讨会综述》（孟

"字思维"与中国现代诗学第二次研讨会

泽)刊于《诗探索》2002年第3—4辑。

2002年12月 《诗探索》2002年第3—4辑出刊,《诗学研究》栏刊出李凯霆《元文学与现代诗写作》、罗振亚《后朦胧诗的语言态度》等文;《字思维与中国现代诗学》栏刊出沈奇《可能与局限——关于"字思维"与现代汉诗的几点断想》、高玉《汉字·汉语·汉文化》等文;《李瑛诗歌创作研讨会论文选辑》栏刊出王向晖《时间之思与生命之思——谈李瑛的近期诗歌》等文;《梁秉钧研究》栏刊出王光明《梁秉钧:与城市对话》等文;《结识一位诗人》栏刊出唐翰存《诗歌:关于苦难的感知和叙事——谈牛庆国的诗歌写作》等文;《诗论家研究》栏刊出贺麦晓《吴兴华、新诗诗学与50年代台湾诗坛》等文。

2003年

2003年6月 《诗探索》2003年第1—2辑出刊,卷首刊出杨匡汉《对接传统》、王家新《回答普美子的二十五个诗学问题》文2篇;《字思维与中国现代诗学》栏刊出孟泽《论汉字所表征的思维方式及其"诗性智慧"——兼论汉语的现代转型》、洪迪《字思维是基于字象的诗性思维》等文;《纪念郭沫若诞生110周年》栏刊出[日]岩佐昌暲《若干郭沫若诗歌的写作背景》等文;《叶维廉研究》栏刊出柯庆明《叶维廉诗掠影》等文;《关于杨炼》栏刊出[英]米娜著、王秋海译《杨炼诗歌中的主观性》等文;《结识一位诗人》栏刊出王晓渔《写给世界的一封情书》、蓝蓝《只是碎片》等文;《诗论家研究》栏刊出韦良《虔诚追逐诗国圣光的当代"夸父"——孙玉石现代诗歌批评诠释》等文。

2003年12月 《诗探索》2003年第3—4辑出刊,《冯至研究》栏刊出陆耀东《关于冯至研究的对话》等文;《牛汉诗歌创作研讨会论文选辑》栏刊出任洪渊《〈白色花〉后的牛汉诗》、[韩国]金素贤《超越生的极限——牛汉"文革"时期诗歌研究》等文;《关于北岛》栏刊出一平《孤立之境——读北岛的诗》和唐晓渡、北岛

《诗探索》2003年第1—2辑

《"我一直在写作中寻找方向"——北岛访谈录》等文;《外国诗论译丛》栏刊出[荷兰]柯雷著、张晓红译《非字面意义:西川的明确诗观》等文。

2004 年

2004年6月 《诗探索》2004年春夏卷出刊,《诗学研究》栏刊出周晓风、苟学锋《现代汉语诗学的传统与现代性问题》和孙良好《建筑·抒情·栖居大地——一种乌托邦式的诗学构想》等文;《辛笛诗歌创作70年研讨会论文选辑》栏刊出孙玉石《现代诗的意象创造之美——重读辛笛的诗集〈手掌集〉》等文;《唐湜诗歌创作座谈会论文选辑》栏刊出谢冕《一位唯美的现代诗人——唐湜先生的诗和诗论》等文;《结识一位诗人》栏刊出王家新《在雪的教育下》、桑克《外省的风格》等文;《诗人谈诗》栏刊出阿多尼斯、杨炼《诗歌将拯救我们——阿多尼斯(A)和杨炼(Y)对谈》等文;《诗歌理论著作评介》栏刊出伍明春《现代汉诗的本位寻求——评王光明著〈现代汉诗的百年演变〉》等文。

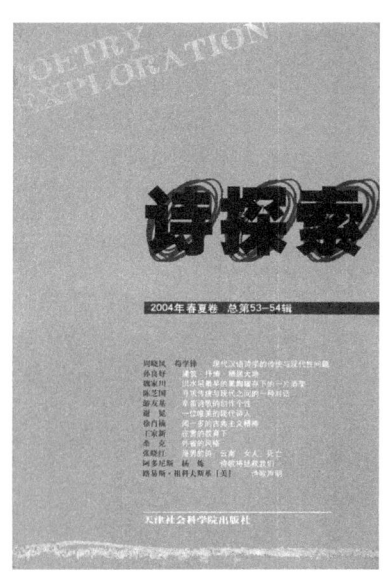

《诗探索》2004年春夏卷

2004年12月 《诗探索》2004年秋冬卷出刊,《诗坛态势剖析》栏刊出师力斌《"欧化"与"化欧"》、鲍昌宝《21世纪的新诗:走出语言的迷宫》等文;《郑敏诗歌创作与诗歌理论研讨会论文选辑》栏刊出张玉玲《论郑敏40年代的诗歌创作》等文;《痖弦研究》栏刊出简文志《存在形式的荒谬性——痖弦诗歌探析》、痖弦《写诗是一辈子的事》等文;《结识一位诗人》

栏刊出张桃洲《寻找话语的森林——论朱朱诗中的词与物》等文;《姿态与尺度》栏刊出陈超《让诗和诗人互赠沉重的尊严——论郑单衣的诗兼谈先锋诗的抒情性问题》、臧棣《出自固执的记忆——读赵野的诗》等文;《诗人谈诗》栏刊出梁晓明《我说中国现代诗歌——兼谈个人性写作》等文。

2005 年

2005 年 5 月 《诗探索》2005 年第 1 辑（理论卷）出刊，是期起改版为理论卷与作品卷 2 卷，理论卷由吴思敬主编，作品卷由林莽、张洪波主编，时代文艺出版社出版。《诗探索》2005 年第 1 辑（理论卷）卷首刊出谢冕的《〈诗探索〉改版弁言》；《中国新诗一百年》栏刊出叶橹《传统与革命》等文；《诗坛态势剖析》栏刊出罗振亚的诗论《近二十年先锋诗歌的历史流程与艺术取向》；《蔡其矫诗歌创作研讨会论文选辑》栏刊出戴冠青《蔡其矫：一个特立独行承前启后的浪漫诗人》等文；《关于根子》栏刊出李润霞《细读根子的诗歌作品》等文；《结识一位诗人》栏刊出敬文东《时间和时间带来的——论西渡》、张立群《在突破中敞开——论路也诗歌风格的前后转变及其内在意义》等文。《〈诗探索〉改版弁言》讲："《诗探索》作为理论批评的专业出版物，它的对象是诗人及其作品，但它的立足点和最后指归仍然是对于创作现象的抽象的归纳和概括。尽管我们过去曾经通过介绍诗人的工作，或解读作品等方式，力图建立起理论和创作之间的桥梁，但由于毕竟不是直接的作品展示，而使我们往往有力不能及的遗憾。正是基于此种认识，改版的《诗探索》准备直接介入诗人的创作及其作品的展示，这是一种大胆而充满风险的举措。以理论卷配套出版作品卷的方式出版。我们面临的难题是，作为以探索为宗旨的、而且是由学术机构主持的连续出版物登载的作品，如何与一般的诗刊或诗选刊有所区别？""可以想见，对于改版之后的《诗探索》，最大的挑战并不在理论卷，而在作品卷。理论是它的强项，有丰富的实践经验和强大的诗歌理论批评界做它的后盾，只要坚持科学的立场和理性的精神，高举思想艺术创新的旗帜，勇于和善于寻找和探索新的、更多的可能性,理论卷将会做出超越性的成就。作品卷需要给自己定位,首先必须是要'与众不同'。要是《诗探索》的作品卷的出现,其意义只是给当代中国众多的诗歌出版物再增加一个新的品种,那就是它的失败。要是如此,我们宁可就此罢手。""因此,'与众不同'就是非常必要的,这是前提。不仅是要和已有的和将有的诗刊予以区别,而且还必须体现他人不可替代的独特作用和价值。首先是必须遴选在思想内涵和艺术方式上体现明显的创新精神的作品。它应当让人耳目一新,必须给人以启示,并被记忆所保留。《诗探索》作品卷不发表平庸的作品。它不炫奇,更不浅薄地'追新',却始终支持勇敢而大胆的创新。它有极大的包容性,包容有价值的、有创意的、'正统'的和'另类'的,也包括新、奇、怪在内的一切佳作。"

2005年11月 《诗探索》2005年第2辑(作品卷)出刊,设有《诗坛峰会》《探索与发现》《汉诗新作》《选读与赏析》《新诗集视点》《新诗图文志》等栏目,刊有《阳飏创作简历(自述)》和阳飏《纪念》等诗16首;《胡的清简介》和胡的清《乌桕树》等诗9首;卞之琳、彭燕郊、辛笛的《面对暮年的三首短诗》和沈奇《入常——读卞之琳、彭燕郊、辛笛三位名家

《诗探索》2005年第1辑(理论卷)

《诗探索》2005年第2辑(作品卷)

晚年诗作有感》等诗评；苏历铭《在希尔顿酒店大堂里喝茶》等诗 7 首；一平的诗评《在自然中——周琳和她的三首诗》和周琳《泥土，铁锹和菜地》等诗 3 首；沈苇的诗《归来》和森子、刘士杰评点等。

  2005 年 12 月 《诗探索》2005 年第 3 辑（理论卷）出刊，《中国新诗一百年》栏刊出谢冕《回望百年——论中国新诗的历史经验》、黄维樑《在"后现代"用古典理论看新诗》等文；《中国新诗史写作问题研究》栏刊出沈奇《我们需要怎样的新诗史——关于中国新诗史写作的几点思考》、陈仲义《撰写新诗史的"多难"问题——兼及撰写中的"个人眼光"》文 2 篇；《诗坛态势剖析》栏刊出陈超《贫乏中的自我再剥夺——先锋"流行诗"的反文化、反道德问题》等文；《绿原诗歌创作研讨会论文选辑》栏刊出贺敬之《给"绿原诗歌创作研讨会"的贺信》等文；《结识一位诗人》栏刊出唐欣《阳飏诗歌简论》等文；《女性诗歌研究》栏刊出蓝蓝《她们：超越性别的写作》等文。

2006年

2006年6月 《诗探索》2006年第1辑（理论卷）出刊，卷首刊出杨匡汉《当代诗歌：人文性资源与本土化策略》、李怡《论中国新诗的"传统"》文2篇；《诗学研究》栏刊出李志元《诗歌研究中的话语分析方法》等文；《结识一位诗人》栏刊出孙磊《用于呼吸的声音——谈马永波诗歌》等文；《外国诗论译丛》栏刊出[比利时]伊歌著、赵琦译的论文《形式·意象·主题：郑敏与里尔克的诗学亲缘》。是期起由中国当代文学研究会、北京大学中国新诗研究所、首都师范大学中国诗歌研究中心主办，并设立《诗探索》编辑委员会。主任：谢冕、杨匡汉、吴思敬；委员：王光明、刘士杰、刘福春、吴思敬、张洪波、杨匡汉、陈旭光、林莽、谢冕。

2006年12月 《诗探索》2006年第2辑（作品卷）出刊，《诗坛峰会》栏刊出《大解创作年表》和大解《白杨林》等诗；《探索与发现》栏刊出老刀的文与诗《生命的火花》《关于父亲万伟明》；《汉诗新作》栏刊出东篱《那时花开》、徐伟《办公室来了"新纳粹"》等诗；《选读与赏析》栏刊出刘慧的诗评《诗心灿然的水莲——浅析王小妮〈十枝水莲〉的诗歌情绪》和王小妮的诗《十枝水莲》；《新诗图文志》栏刊

《诗探索》2006年第1辑（理论卷）

《诗探索》2006年第2辑(作品卷)

出苏历铭的文章《细节与碎片(节选)——记忆中的诗歌往事》和相关照片。

2006年12月 《诗探索》2006年第3辑(理论卷)出刊,卷首刊出沈奇《从"先锋"到"常态"——先锋诗歌二十年之反思与前瞻》、简政珍《后现代的双重视野——后现代思维与台湾诗美学的关系》文2篇;《穆旦诗歌创作研讨会论文选辑》栏刊出郑敏《再读穆旦》等文;《结识一位诗人》栏刊出耿占春《叙事的转喻——读森子的诗》、森子《自述》等文;《诗论家研究》栏刊出赵金钟的论文《生命体验与情绪凝聚:胡风的新诗理论》。

2006年12月 《诗探索》2006年第4辑(作品卷)出刊,《诗坛峰会》栏刊出姚风《白夜》等诗和安琪的诗评《他找到了一条路从生活到诗歌——姚风诗歌作品浅读》;《探索与发现》栏刊出郭晓琦《在苍茫中穿行和歌唱》等文;《汉诗新作》栏刊出王鸣久《关于一匹马的美学追问》、黄梵《偶作十首》、柯健君《夕阳下》等诗;《选读与赏析》栏刊出蓝野《喧嚣时代的"这一个"——尤克利诗歌的当下意义》等文和尤克利《去车站听乡音》等诗;《新诗图文志》栏刊出林莽、翟寒乐整理的《食指生平创作年表》和相关照片。

2007 年

2007年7月3日 中国天问文化传播有限公司与《诗探索》编辑部联合设立的"诗探索奖"颁奖典礼在北京朝阳区文化馆举行，诗人梁小斌获奖。颁奖典礼由林莽主持，诗人、评论家和诗歌爱好者60余人出席了颁奖活动。活动综述《"让诗人与诗歌互赠沉重的尊严"——首届"诗探索奖"颁奖典礼在京举行》（王永）刊于《诗探索·理论卷》2007年第2辑。

2007年7月 《诗探索》编辑部与天问文化传播机构推出的《诗探索丛书》由太白文艺出版社出版，丛书共收《张曙光诗歌》《桑克诗歌》《柳沄诗歌》《林雪诗歌》《苏历铭诗歌》《李轻松诗歌》《冯晏诗歌》《李见心诗歌》《文乾义诗歌》《张洪波诗歌》《潘洗尘诗歌》11册。7月28日丛书首发式在哈尔滨市举办，《诗探索》主编吴思敬、林莽出席了首发式。

2007年9月 《诗探索·理论卷》2007年第1辑出刊，是期起改由九州出版社出版。《诗坛态势剖析》栏刊出李建春《新观念写作：对当代诗的一种观察》等文；《关于莫洛》栏刊吴红涛《大爱者的歌咏——莫洛论》等文；《关于王亚平》栏刊出段从学《时代与心灵的交响——王亚平与中国现代新诗》等文；《关于驻校诗人路也》栏刊出龙扬志《那种飘动在风中的幸福感——略论路也"江心洲"系列的主体情怀》等文；《结识一位诗人——潘维》栏刊出沈健《液体江南：汉诗地图中的一个路标》等文；《姿态与尺度》栏刊出叶橹《独行者的孤寂与守望——论林莽的诗》等文。《编者的话》说："本辑编发的'关于莫洛'和'关于王亚平'两个专栏均是关于新诗史上重要诗人回顾的。莫洛本是1940年代'中国新诗派'的成员之一，九叶诗人唐湜一度想把他拉进'九

《诗探索·理论卷》2007年第1辑

《诗探索·作品卷》2007年第1辑

叶派',辛笛先生听到后,说'不行不行,人可以进来,但'九叶'不能改成'十叶'。尽管莫洛没有进入'九叶',但他在诗坛的地位却不容低估。王亚平则是30年代左翼诗歌运动的活跃诗人,是'中国诗歌会'的重要成员,出版过《都市的冬》等十多部诗集,体现了中国诗歌会'捉住现实'的美学追求。今天的青年读者,对莫洛和王亚平的名字都已觉得很陌生,这也正是我们推出这两个专栏,以唤起学界和读者对他们注意的原因。"

2007年9月 《诗探索·作品卷》2007年第1辑出刊,《诗坛峰会》栏刊出《潘维诗歌作品二十首》和《荣荣诗歌作品二十首》;《探索与发现》栏刊出牛庆国《红旗 红旗 红旗》等诗;《汉诗新作》栏刊出郑敏《无题——致理想》等诗;《选读与欣赏》栏刊出黄梁编选的《台湾中生代(1949—1969)十三家诗选》;《新诗图文志》栏刊出黄礼孩主编的《广东本土青年诗人诗选》。《编者的话》说:"在本期的'诗坛峰会'一章中,我们选发了诗人潘维和荣荣的作品和创作简历,这两名浙江的重要诗人,在近年中显示出了他们独特的创作风格。潘维的江南气质,荣荣才情并茂的女性诗歌对当下诗坛都具有启示作用。""'文本内外'一章中,台湾中生代诗选,选发了生于1949—1969年的十三位诗人的作品，他们以一种时段的形式集合，台湾中生代的诗人是值得大陆诗界研究的。本栏目我们请黄粱先生帮助组稿，在此向他表示感谢。今后，我们还会与台湾及世界各地的同行们有更多的合作，希望得到大家的帮助。""其他几个栏目中的作品，我们大多加入了评点和评论文章，以扩展对诗歌的阅读、讨论与研究范围。同时，我们对诗歌选择的范围也是宽泛的，从 40 年代的莫洛到新世纪广东的青年诗群，跨度近 60 年。"

2008 年

2008 年 3 月 《诗探索·理论卷》2007 年第 2 辑出刊,《诗坛态势剖析》栏刊出沈奇的诗论《新世纪诗歌面面观——答诗友二十问》;《邵燕祥诗歌创作研讨会论文选辑》栏刊出何西来《书〈邵燕祥诗选〉后》等文;《关于驻校诗人李小洛》栏刊出刘士杰《梦幻般缤纷的内觉体验——评李小洛的诗》等文;《结识一位诗人》栏刊出夏宏《对两重家乡的观望——雷平阳诗歌的一种读法》等文。《编者的话》说:"在《诗探索》本辑中,我们郑重地把老诗人邵燕祥推荐给读者。邵燕祥与共和国一起成长,也随着共和国承受了种种苦难。但苦难没有压垮他,从建国初期推出的诗集《歌唱北京城》《到远方去》,到近年的新作,诗人不断地审视自我,超越自我。在他身上,诗人的锐敏感觉与鲁迅式的杂文家的风骨得到完美的统一。2007 年 4 月,中国当代文学研究会、首都师范大学中国诗歌研究中心、廊坊师范学院联合举办了'邵燕祥诗歌创作研讨会',本辑选发的几篇论文,从不同侧面展示了邵燕祥作品的艺术魅力和强大的人格力量。""本辑'结识一位诗人'栏目推出了雷平阳,他对大地对亲人的深情,他诗歌的大气、厚重与变化,他的独特甚或有些怪异的诗性思维,

《诗探索·理论卷》2007 年第 2 辑

显示了他的坚实的创作实力，这是继于坚之后云南出现的又一位出色的青年诗人。"

2008年3月 《诗探索·作品卷》2007年第2辑出刊，《诗坛峰会》栏刊出《柳沄诗歌作品二十一首》和《子川诗歌作品三十六首》；《探索与发现》栏刊出罗宗强《解读海子的诗〈思念前生〉》、黄梁《蔡宛璇新诗集〈潮汐〉导读》、刘洁岷《个人气质与诗歌韵味的结合》等文和柏桦《水绘仙侣》、方泉《中年酒吧》等诗；《新诗图文志》栏刊出《诗集〈十九〉诗人作品》。《编者的话》说："近几年中国的诗歌刊物和民间的诗歌报刊逐年在增加，诗歌刊物的扩容，将在2008年达到一个高峰，国内几家重要的诗歌刊物纷纷创办了下半月刊，一些民间诗刊、诗报无论从印刷到内容，都呈现出越办越好的趋势。甚至一些间断了数年的报刊也开始了新的延续。当然，这些和影响力没有直接的联系，但我们应看到，随着社会生活的变化，诗歌作为一种文化需求，又有了适当的条件或发展的可能。""在这样的形势下，我们作为历经了近三十年中国诗歌历程，集理论性及探索性诗歌研究的《诗探索》编辑部，同样面临着新的课题。""本期作品卷，综上因素，我们选择了一些逐步走向经典的诗人和一些有发展的诗歌作者的作品及一些名家的评论文章。""其中罗宗强对海子的研究，诗人柏桦的长诗《水绘仙侣》节选，台湾诗人黄梁评蔡宛璇的文章以及'诗坛峰会'的柳沄和子川的诗，都是很有文化性和研究价值的。""诗人方泉的《中年酒吧》将现代生活中的矛盾以及思考纳入诗歌，是诗歌中颇有新意的发现。他和柏桦的诗歌形成了两个不同的探讨方向。""臧棣和刘洁岷的评析文章，是对诗歌新观念和新人的评说，新的诗人永远是诗歌发展的动因与主要力量。""'新诗图文志'栏目中的十几位

《诗探索·作品卷》2007年第2辑

诗人都是活跃在当前诗坛上的重要青年诗人，他们正在逐步成为中国诗歌创作的中坚力量。"

2008年6月　《诗探索·理论卷》2008年第1辑出刊，卷首刊出郑敏的诗论《中国新诗与汉语》；《中生代研究》栏刊出屠岸《关于中国新诗"中生代"命名的思考》等文；《彭燕郊创作研讨会论文选辑》栏刊出陈太胜《幻视的能力：彭燕郊的早期诗作》等文；《结识一位诗人》栏刊出王东东《文本化、自然和人：当代诗中的情感教育——试论姜涛的诗歌写作》、荣光启《"夜半"的女性写作——阿毛诗歌解读》等文。《编者的话》说："在本辑已编定的时候，传来了老诗人彭燕郊于2008年3月31日逝世的消息，令我们震惊与惋惜。彭燕郊是一位因诗而受难的诗人，是一位迎着苦难而生存，并把苦难转化为光彩夺目的诗章的诗人，在他身上非常典型地显示了中国知识分子坎坷的命运和不屈不挠的奋斗精神。""去年由中国当代文学研究会、湘潭大学文学院和首都师范大学中国诗歌研究中心联合召开了'彭燕郊创作研讨会'，我们从研讨会的论文中选出了四篇编成一个专栏，借此表达我们的哀思和对彭燕郊的人品与诗品的深深怀念。""健在的老诗人郑敏，年过八旬，仍然耳聪目明，她不停地思考，关注着诗坛，关注着社会，关注着全球的生态环境。就是这样一位被人称之为'忧国、忧民、忧地球'的老人，最近为本刊写了《中国新诗与汉语》一文。她认为'我手写我口'是一个错误的口号，她提出'白话文的语言艺术不等于日常口语'，倡导对古典汉语文史哲巨著的赏析。作为一位曾在美国留学多年，深受西方哲学与文化思想浸润的老诗人，她针对诗坛现状发出的呼唤，值得我们深思。"

2008年6月　《诗探索·作品卷》2008年第1辑出刊，《诗坛峰会》栏刊出黄礼孩的诗评《写诗如同活着》和张曙光《1965年》等诗19首、谢冕的诗评《那些美好的情感——读叶玉琳》和叶玉琳《雨雾江南》等诗19首；《探索与发现》栏刊出芷泠的诗《圣·米歇尔大街》和唐卡的诗评《诗歌与爱情》《彭燕郊诗六首》和远人的文章《悼念彭燕郊老师》、龚纯的诗评《"敲碎岩石，让它成为星星"——阿毛诗歌印象》等诗评和阿毛《红尘三拍》等诗10首；《汉诗新作》栏刊出《写给母亲的诗五首》；《新诗图文志》栏刊出《纪念知识青年上山下乡四十周年知青五人诗选》。《编者的话》说:"'诗坛峰会'中的张曙光是一位教授诗人,他的诗风沉稳,语言简约而意蕴深远。另一位女诗人叶玉琳是入选过'二十一世纪文学之星'的作者,她的诗歌中潜在的中国古典诗歌的传统韵味让人感动。""'汉诗新作'中一组写母亲的诗,对于当前诗坛的写作有着独特的启示意义。当前,许多诗人都在写身边的日常生活琐事,如何真正地写出独具特色又切入诗歌本质的现代汉语新诗,这组诗歌是有参考价值的。五位诗人从几个不同的角度表达了自己对母亲的刻骨铭心的情感。""今年是知识青年上山下乡40周年,为了历史的纪念,在'新诗图文志'栏目中选发了五位有代表性的知青诗人当年的作品,它们会带我们回到值得记取的昨天。"

2008年6月 《诗探索·理论卷》2008年第2辑出刊,《诗学研究》栏刊出王巨川《新诗发展路径的后现代诠释》等文;《白洋淀诗歌群落研究》栏刊出杨桦《白洋淀的回忆》、路也《白洋淀诗群的湿地背景》和霍俊明、岳志华《隐匿的光辉:白洋淀诗群女诗人论》文3篇;《中生代诗人研究》栏刊出郑慧如《现实与想象——以简政珍为主,兼论台湾中生代诗人之作》等文;《梁小斌诗歌创作研讨会论文选辑》栏刊出张清华《在民间的黑夜里"独自成俑"——关于诗人梁小斌的随感》等文;《结识一位诗人》栏刊出路也《卢卫平的诗歌之树》等文;《姿态与尺度》栏刊出马富丽的论文《灰娃:灵魂密码的书写者》。《编者的话》说:"14年前,也就是1994年5月,本刊编辑部曾组织'白洋淀诗歌群落'寻访活动,并于《诗探索》1994年第4辑(即总第16辑——本书编注)推出'白洋淀诗歌群落'的专栏文章。此后,白洋淀诗歌群落逐渐成为当代诗歌研究的一个热点,进入了文学史叙述,围绕这一群落出现了一批有质量的学术论文和研究生的学位论文。当年到白洋淀插队的北京知青杨桦,于1998年写出《白洋淀的回忆》一文,交给本刊林莽先生。林莽原想将此文收入一本回忆'白洋淀诗歌群落'的书中,因多种原因,此书至今没有出版,此文便一直压了下来。考虑到杨桦的文章诚挚而深情地回顾了当年的插队生活,是对白洋淀知青生活的原生态的记录,对于研究'白洋淀诗歌群落'有重要的参考价值,因此本刊把此文与其他两篇谈'白洋淀诗歌群落'的文章编成一个专栏发出。其中霍俊明、岳志华的谈'白洋淀诗歌群落'女诗人的文章,把在当年白洋淀诗歌活动中起了重要作用但又长期被忽视的几位女诗人'挖掘'出来，对深入研究'白洋淀诗歌群落'亦有相当的意义。""梁小斌是首届'诗探索奖'的获得者。今年年初在北京召开了'梁小斌诗歌创作研讨会'，这里选发的几篇论文从不同侧面描述了梁小斌诗歌创作的道路，涉及梁小斌对其早期诗作'忏悔'后诗界对《雪白的墙》《中国，我的钥匙丢了》等经典名篇的再评价，也涉及《断裂》之后的梁小斌诗作以及近年来他的诗文互证的跨文体写作，对梁小斌研究当是切实的推进。""本辑'结识一位诗人'栏，重点推介了诗人卢卫平。卢卫平诗歌有两个层面：一个层面是向下的，执着地固守着大地；另一个层面是向上的，要向那崇高的灵的境界飞驰。诗人路也的评论抓住了卢卫平诗歌现实性与超越性的统一，指出其找到了一条属于自己的诗歌之路。路也很少写评论，这篇文章把卢卫平喻为一棵诗歌之树，把诗人的意象写作引入诗歌评论中，缜密的分析与灵性的感悟交融在一起，成为诗人评论的代表性文本。"

2008年6月 《诗探索·作品卷》2008年第2辑出刊，刊出《志愿者之歌——北京奥运志愿者主题诗歌优秀作品集》专号。

2009 年

2009 年 1 月 7—12 日 《诗探索》编辑部与《星星》诗歌理论月刊、《中关村》杂志等单位联合主办的"纪念诗歌创作四十周年——林莽诗画展"在北京朝阳区文化馆举行,共展出林莽画作和书法家、诗界朋友手书林莽作品近百幅。

2009 年 9 月 《诗探索·理论卷》2009 第 1 辑出刊,卷首刊出王家新《"地震时期"的诗歌承担及其困境》等文;《李轻松诗歌创作研讨会论文选辑》栏刊

林莽诗画展开幕式

出蓝蓝《使痛苦获得意义》等文;《中生代诗人研究》栏刊出敬文东《"已有无数的桥,可供我节节败退……"——读黄梵札记》等文;《结识一位诗人》栏刊出易彬《"追寻从身体中生长出来的"——从柳宗宣看当代诗歌的"根性问题"》等文。《编者的话》说:"2008年5月12日汶川大地震的爆发,震惊了世界,网络上、报刊上和诗歌民间刊物上涌现了大量的抒发内心悲痛、歌咏救灾英雄、反思地震灾害的诗歌。没有人号召,没有人组织,中国的民众和诗人自发地营造了一场自1976年天安门诗歌运动以来声势最为浩大的一次群体性诗歌写作的热潮。当这一热潮退去之后,如何看待重大突发性事件与诗歌的关系,如何回答在灾难或重大社会问题面前'诗人何为'的问题,引发了不少诗人和评论家的反思。《诗探索·理论卷》本辑发表的王家新、王珂、刘洁峨的文章,从不同角度谈了他们的看法,对读者也许不无启发。""李轻松是2007—2008年度首都师范大学驻校诗人,她有一种焦虑的气质,善于在时间中思考,她的诗渗透了一种深厚的人文关怀,有一种超脱世俗的对人生的体悟和大爱。驻校期间,李轻松完成了诗剧《向日葵》的创作,并由北京舞蹈学院音乐剧系搬上舞台,这是她把新诗与戏剧结合起来的一种尝试,也是对'新诗戏剧化'理论的一种探讨与实践。'李轻松诗歌创作研讨会论文选辑'所选的四篇文章,从不同角度对李轻松的诗歌与诗剧的创作予以探讨,希望还原一个立体的李轻松的形象。""本辑在'中生代诗人研究'栏目中推出的黄梵,是位理工科出身的诗人,对诗有超乎寻常的爱,有独到的感悟。他的《中年》一诗真切而动人地抒写了当下中年一代诗人的心态。"

2009年9月 《诗探索·作品卷》2009年第1辑出刊,《诗坛峰会》栏刊出《黄礼孩诗歌作品五十首》和《白庆国诗歌作品三十六首》;《探索与发现》栏刊出魏如松《一首注定引起争议的诗——李少君诗歌〈流水〉带来冲击》等文和李少君的诗《流水》;《汉诗新作》栏刊出简政珍《诗十首》、黄梵《诗十五首》等诗;《选读与欣赏》栏刊出霍俊明《关于李岩的〈现代汉语词典:小姐〉》等文;《新诗图文志》栏刊出李轻松的实验诗剧《向日葵》并附诗剧剧照。《编者的话》说:"本辑《诗探索·作品卷》在'诗坛峰会'一栏中刊发了两个差异较大的作者的作品,一个是生活在广州,活跃在诗坛的诗人黄礼孩;另一个是生活在农村的农民诗人白庆国。生活环境和诗歌方式的差异是明显的,但这并不影响他们成为当今中国诗坛上的优秀诗人。黄礼孩的诗内敛,寂静中面向心灵。白庆国的诗真挚,朴实中展现生活。他们在同一个时代中,用现代汉语表达着不同向度的人的生命意识和对诗歌艺术的探寻。""'选读与欣赏'中除十六位著名诗人的作品选登外,还有对诗人李岩的《现代汉语词典:小姐》一诗的介绍和讨论,这是一首颇具探索与创新的诗歌作品,十分值得一读。"

2009年12月25日 《诗探索》的博客在新浪网上设立。

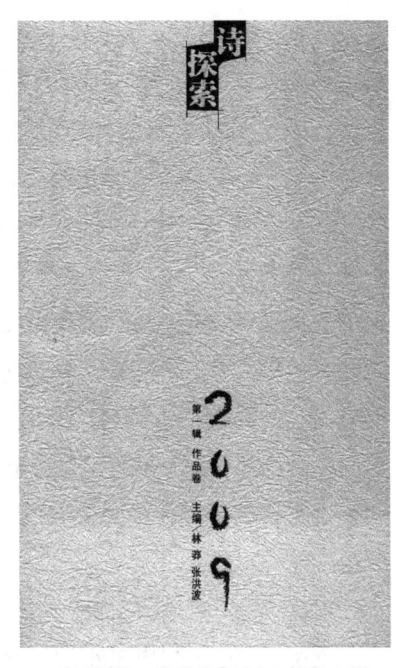

《诗探索·作品卷》2009年第1辑

2009年12月 《诗探索·理论卷》2009年第2辑出刊,《诗学研究》栏刊出张松建《现代诗的再出发:中国40年代现代主义诗潮叙论》、毛靖宇《当代先锋诗歌的"语言论转向"》等文;《新诗发展问题探讨》栏刊出袁忠岳《新诗身份辨析》等文;《沈泽宜研究》栏刊出谢冕、孙绍振《在历史和诗神的祭坛上》等文;《邰筐诗歌创作研讨会论文选辑》栏刊出张清华《时代的夜歌或浮世绘——关于邰筐诗歌的三言两语》等文;《中韩诗歌比较研究》栏刊出[韩国]金龙云的论文《中韩诗歌的对话可能性——以上世纪末、本世纪初为中心》。《编者的话》说:"在'诗学研究'栏目中,我们选发了张松建的《现代诗的再出发:中国40年代现代主义诗潮叙论》,此文从主体的历史性分裂、反讽意识的强化、语言的口语化与悖论性、张力的追求、新感性的发现、文体混杂这六个层面较为细致地描述了40年代现代主义诗歌的特征,对观察中国80年代以来的现代主义诗歌发展亦不无启示。毛靖宇的《当代先锋诗歌的'语言论转向'》一文,分析了西方哲学、诗学'语言论转向'思想对80年代中国先锋诗人的影响,对80年代先锋诗歌'语言论转向'做了较为全面的介绍与梳理,是研究80年代先锋诗歌的一篇很有特色的文章。""诗人沈泽宜1957年5月在北京大学民主墙贴出《是时候了》这首诗,引起了轩然大波,也导致了诗人后来坎坷的命运。当年白居易经过李白墓,曾发出'但是诗人多薄命'的慨叹,沈泽宜的一生印证了这句话。我们在'沈泽宜研究'专栏中,发表了谢冕、孙绍振为《沈泽宜诗选》所写的序《在历史和诗神的祭坛上》,此文高屋建瓴地评析了沈泽宜其人其诗,同时亦可读出他们之间的深厚情谊。""韩国釜山东亚大学校教授金龙云《中韩诗歌的对话可能性》一文,以上世纪末、本世纪初为中心比较了中韩诗歌的异同,指出中韩诗歌面临的课题千差万别,但是二者追求的都是人生与诗歌的本源,因此二者之间的'跨界合作'不可或缺。新时期以来,诗歌理论界很重视西方诗学资源的引进与比较研究,金龙云教授的文章则为我们打开了一扇通向东方诗歌文化的窗户。"

2009年12月 《诗探索·作品卷》2009年第2辑出刊,《2009年度"澄迈·诗探索奖"专栏》刊出王小妮、庞培、肖水、乌鸟鸟的诗和霍俊明的文与张文武的译诗等;《作品与诗话》栏刊出《潘洗尘近作十四首》;《汉诗新作》栏刊出余禺《空出的场地》、沈泽宜《考卷:沈泽宜诗选》、绿原《五味子小集》诗3辑。《编者的话》说:"本期《诗探索·作品卷》重点收录了获2008年度'澄迈·诗探索奖'的六位作者的作品。他们是:获'杰出成就奖'诗人王小妮简介、授奖辞、致答辞和诗歌作品30首;获'年度诗人奖'诗人庞培简介、授奖辞、致答辞和诗歌作品30首;获'新锐诗人奖'诗人肖水简介、授奖辞、致答辞和诗歌作品30首;获'新锐诗人奖'诗人乌鸟鸟简介、授奖辞、致答辞和诗歌作品29首;获'翻译诗歌奖'

《诗探索·理论卷》2009年第2辑

青年翻译张文武简介、授奖辞、致答辞和翻译诗歌作品30首；获'评论奖'青年批评家霍俊明简介、授奖辞、致答辞和文章《在尬尬中开始的必要旅程》。从中我们可以看到自20世纪80年代以来最有代表性的诗人和青年学者的创作状态以及他们所关注的生活与诗歌艺术。""'作品与诗话'一栏，是作品卷中'探索与发现'中的一个子栏目。本栏刊发了诗人潘洗尘的近作14首和相关的评论文章，从中也可看到诗人近年在诗歌艺术上的探索与发现。""'汉诗新作'中刊发了三位中老年诗人的作品。他们各有特色，都是在诗坛上创作多年并卓有成绩的优秀诗人。"

2010年

2010年1月 《诗探索》编辑委员会选编、林莽主编的《2009中国年度诗歌》由漓江出版社出版。为"2009中国年度作品系列"之一种。收有丁可《卖肾的人》、孙方杰《看到一个像你的人》、蓝野《橡皮泥米老鼠》等诗。有《编者的话》。

2010年2月6日 诗探索·天问中国新诗会所在北京成立。工作主持人：林莽、潘洗尘；组织委员会：林莽、潘洗尘、刘福春、宋琳、苏历铭、树才；顾问：牛汉、郑敏、谢冕、赵敏俐、吴思敬。会所宗旨为：团结为新诗发展而潜心于诗歌研究与写作的诗界朋友，为会员搭建一个与诗坛优秀诗人和理论

诗探索·天问中国新诗会所成立

家密切接触的平台；建立现代方式的信息通道，为所有会员及时了解当前诗界动态和品评会员创作状态服务；组织对中国新诗史的研究，尤其注重新诗史上因多种原因被忽略了的优秀诗人和新时期以来对中国新诗有贡献的诗人的个体研究。以此具体而务实的方式，梳理近年的中国新诗史、引领中国新诗的创作潮流、发现和推出诗歌写作与诗歌理论的新人。是日召开第一次工作会议，会所顾问牛汉、谢冕、赵敏俐、吴思敬，会所委员林莽、潘洗尘、刘福春、苏历铭、树才、宋琳以及工作人员徐丽松出席。活动后，牛汉、谢冕、林莽、刘福春、徐丽松前往清华园看望了会所顾问郑敏先生。

牛汉、谢冕等看望郑敏先生

2010年2月27日　《诗探索》博客消息："在《诗探索》创刊三十年之际，为了进一步扩大本刊在诗坛的影响力，我们在社会各界的支持下，开展向在中国诗歌创作与研究中有重要成绩的教授、专家、学者、诗人和大学图书馆及在校博士生、硕士生赠送《诗探索》的活动。""这一活动首先得到了中矿资源勘探股份有限公司王平卫总裁的大力支持，近日王平卫总裁与本刊签订合同，向100名在校新诗研究方向的博士生、硕士生赠送《诗探索》。"

2010年3月21日　诗探索·天问中国新诗会所主办的"世界诗歌日朗诵会"

2010年3月9日岩佐昌暲先生访问会所

在北京风入松书店举行。朗诵会由林莽主持,吴思敬、食指、唐晓渡、陈超、刘福春、苏历铭、宋琳、臧棣、西渡、蓝野、霍俊明、李木马、谷禾、艾若、黄离、哈森、贾爱军、楚天舒、冯连才等诗人、诗歌评论家和来自美国的奚密教授、来自日本的岛由子女士等30余人参加了此次活动。

2010年4月　《诗探索·理论卷》2010年第1辑出刊,《邵洵美研究》栏刊出绡红《邵洵美的诗探索》等文;《袁可嘉诗歌创作与诗歌理论研讨会论文选辑》栏刊出邵燕祥《读袁可嘉1948年〈诗三首〉》、段美乔《"民主文化":袁可嘉"新诗现代化"体系的民主国家内涵》等文;《中生代诗人研究》栏刊出范云晶《风用它忧伤的翅膀——论杜涯的诗歌》等文;《诗学研究》栏刊出孙金燕《试论禅思与现代主义诗歌的悖离与整合》等文;《新诗理论著作评介》栏刊出胡亮《左边是哪一边——柏桦〈左边〉阅读札记》等文;《外国诗论译丛》栏刊出[美]海伦·文德勒著、马永波译的《内在的流亡者——西默斯·希尼》。是期起改为季刊。《编者的话》说:"《诗探索》自2007年由九州出版社出版以来,一直每年出版两辑,每辑理论卷、作品卷各一册。由于出版的间隔较大,版面容量有限,一些时效性强的话题很难展开及时的讨论,不少很有学术品位的稿件也只能割舍。编辑部一直有扩版的想法,读者也有这方面的呼吁。最近在天问文化传播机构的支持下,《诗探索》扩版的愿望终于可以实现了。从2010年起,《诗探索》每年出版4辑,每辑仍为'理论卷''作品卷'各一册。扩版以后的《诗探索》,增强了时效性,为开辟新的栏目,寻找新的话题,密切关注当下诗人的创作和理论家的动态,创造了条件。我们希望扩版以后的《诗探索》,既关注诗歌历史又关注诗歌现场,既提倡学术性又提倡公共性,既注重经典性又注重先锋性,以新的面貌为诗人、诗评家和诗歌界提供一个对话、交锋和反思的平台。"

2010年4月《诗探索·作品卷》2010年第1辑出刊，林莽、潘洗尘主编。《新诗峰会》栏刊出《郭晓琦诗歌作品30首》和林莉组诗《到一座小镇去》（外12首）；《探索与发现》栏刊出老了《四兄弟》、邱景华《海子的遗嘱诗——重读〈面朝大海，春暖花开〉》等诗文；《译作与研究》栏刊出倪志娟译《玛丽·奥利弗诗歌21首》；《新诗集视点》栏刊出吕贵品《吕贵品诗歌作品七首》等诗文。《编者的话》说："在创刊三十年到来之际，今年的《诗探索》有了新的发展和变化，'诗探索·天问中国新诗会所'的创立，为《诗探索》增加了新的有生力量。我们相信，在全体同仁的共同努力下，我们会为中国诗歌做出更多的贡献。""本期作品卷在诗歌作品与诗人研究的选择上，更注重了当前创作力旺盛、充满活力与锐气的诗人。在'诗坛峰会'一栏中，甘肃诗人郭晓琦和江西女诗人林莉，都是近几年涌现的诗歌新锐。""邱景华的文章，对海子《面朝大海，春暖花开》一诗的解读，提示我们只从表层解读一首重要诗歌作品是会有很多问题的。""本期还增加了一个外国诗歌'译作与研究'栏目，中国新诗的发展与对世界现代诗歌的研究与介绍，有

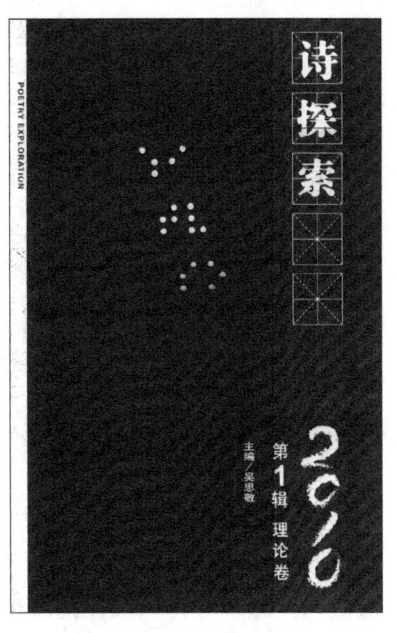

《诗探索·理论卷》2010年第1辑

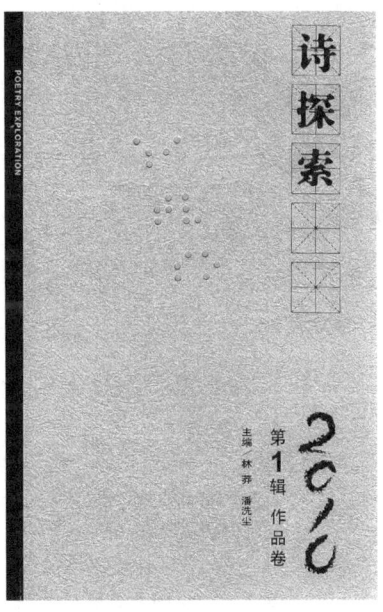

《诗探索·作品卷》2010年第1辑

着密不可分的关系。我们希望这个栏目，为读者和研究者提供新的价值观念和对艺术的思考。"

2010年4月《诗探索·天问中国新诗会所会刊》第1期出刊，诗探索·天问中国新诗会所主办；刊有《诗探索·天问中国新诗会所简介》、《唐小米诗5首》、北岛《缺席与在场——中坤诗歌奖获奖感言》、红旗《我的自述》、食指《食指在北师大"京师文化论坛"上的发言》等诗文。《繁枝容易纷纷落，嫩蕊商量细细开——发刊词》说："在《诗探索》创办30周年之际，为了团结更多的有志于中国新诗发展的诗界同仁，我们自2010年1月起创建了'诗探索·天问中国新诗会所'。"《诗探索》作为中国新诗最早的新诗理论刊物，历经了中国新诗变革最重要的30年，为中国新诗的发展做出了贡献。自新世纪以来，《诗探索》在梳理中国新诗史的同时，更关注当前诗歌创作与研究，发现诗歌写作和理论研究的新人。创建'诗探索·天问中国新诗会所'是为了搭建一个会员与诗坛优秀诗人和评论家密切接触的平台，建立现代方式的诗歌信息通道，更好地体现《诗探索》在新世纪的工作方向。""今年《诗探索》恢复为季刊，理论卷和作品卷共八本。考虑到出版周期，我们创办《会刊》，以增加会员的相互交流。《会刊》栏目根据会员的需求开设和增减。""现设计栏目12个：会所要闻与通讯、会员作品展示、诗人访谈、诗歌人物、诗论与随笔、新诗著作展示、纸上书店、一首诗的阅读与发现、诗坛信息、诗歌社团、诗人书信、诗歌刊物纵览，请全体会员根据栏目投稿，也请大家提出栏目的设置或增减的建议。根据稿件情况每期《会刊》拟开6—9个栏目。""'繁枝容易纷纷落，嫩蕊商量细细开。'诗人杜甫的诗句，告诉我们一个朴素的对春天的认知。在新世纪又一个十年开端的时刻，我

《诗探索·天问中国新诗会所会刊》第1期

们以一个普通的诗歌艺术热爱者的心态，认真地生活、写作，做好我们应该做的每一件事，让我们的一切自然地生长。春天是属于每一个人的。"

2010年5月7—9日 诗探索·天问中国新诗会所主办的"白洋淀之春——新世纪主题诗会"在河北白洋淀举办。会议就"新世纪十年中国新诗的状态"等问题进行了交流，并对当年白洋淀诗歌群落主要活动村落进行了寻访。来自

"白洋淀之春——新世纪主题诗会"全体与会者合影

"白洋淀之春——新世纪主题诗会"与会者寻访大淀头村

全国各地的诗人、诗评家谢冕、吴思敬、林莽、刘福春、潘洗尘、苏历铭、莫非、李琦、王夫刚、路也、北野、荣荣、徐俊国、子川、黑枣、潘维、红旗、谢宜兴、谷禾、庞俭克、吴玉垒、徐丽松、林莉、高鹏程、邰筐、哈森、李速、史一帆等30余人参加了活动。

2010年5月14日 《诗探索》编辑部召开工作会，编委谢冕、吴思敬、林莽、刘福春、王光明、张桃洲出席，讨论了近期工作和编辑事务。

2010年5月14日编辑部工作会后合影。前左：吴思敬、谢冕、邵燕祥、陈素琰，后左：张桃洲、林莽、刘福春、王光明

2010年6月27日 诗探索·天问中国新诗会所与朝阳区文化馆主办的"感·物——刘鸣谦个人作品展"在北京市朝阳区文化馆画廊举办。林莽主持了开幕式，谢冕、[韩国]金龙云、沈奇、邵燕祥、罗新璋、王进展、吴振寰等诗人、画家出席。刘鸣谦，2010年毕业于韩国东亚大学校，此次所展为其硕士学习期间创作的部分作品，作品的内容及灵感主要来自我国的原始艺术和岩壁画。

2010年6月 《诗探索·理论卷》2010年第2辑出刊，《诗歌刊物研究》栏刊出连敏《在诗与意识形态之间徘徊——初创期的〈诗刊〉研究》等文；《叶维廉诗歌创作研讨会论文选辑》栏刊出张志国《窗中·风景——叶维廉诗歌的存在之思》等文;《结识一位诗人》栏刊出霍俊明《在黑夜翻越高过腰身的围栏——论江非》等文;《诗歌讲坛》栏刊出孟泽、陈太胜的《彭燕郊的诗与诗学》。《编者的话》说:"本辑《诗探索·理论卷》新开辟了两个栏目。一个是'诗歌刊物研究',一个是'诗歌讲坛'。""尽管当下网络诗歌空前繁荣,作为纸质传媒的诗歌刊物依然占据着诗坛的中心位置。诗歌刊物集中反映了一个时代的诗歌成就与诗人的精神风貌,既是诗歌传播的物质载体,也是保存诗歌经典的宝库。诗歌刊物研究是诗歌史和文学史研究的重要组成部分。为此《诗探索·理论卷》特开辟'诗歌刊物研究'专栏,其研究范围不仅包含当下公开出版的诗歌刊物,而且包括现代诗歌史上曾经出现的刊物,也包括有重要影响的民间刊物。本辑我们发表了连敏的《在诗与意识形态之间徘徊——初创期的〈诗刊〉研究》,是作者对早期《诗刊》面貌的重新构建,对于研究那一阶段的文学史和诗歌史有一定的参考价值。与此同时还发表了连敏对当年《诗刊》的编辑及作者的采访,这些编辑与作者均已高龄,有的已经去世,这使这组面对面的访谈显得弥足珍贵。""'诗歌讲坛'是本刊新开辟的另一个专栏,拟发表有关诗歌讲座、课堂讨论的实录。这类的文字现场感强,生动活泼,既含有丰富的知识信息,又可展现讲授者的个性与风采。本辑发表的孟泽与陈太胜的《彭燕郊的诗与诗学》,是据他们在北京师范大学的一次诗歌课堂的实录整理,不仅能看出这两位教授的风采,而且他们所讨论的内容也是对彭燕郊研究的拓展与深化。"

2010年6月 《诗探索·作品卷》2010年第2辑出刊,《新诗峰会》栏刊出阿华《天黑了,又白了》等诗30首、吴乙一《白菊花》等诗23首;《探索与发现》栏刊出王志国、沈苇、卢卫平三首写给孩子的诗和尤克利《远秋》、尤克利《我与我的〈远秋〉》、林一木《你的春天的到来》等诗文;《汉诗新作》栏刊出黑枣、陈马兴、赵立宏等人的诗;《新诗图文志》栏刊出邱景华《〈丑石〉:超越地域的现代诗群》、谢宜兴整理《〈丑石〉简史(1985—2009)》、刘伟雄《〈丑石〉二十五年 诗歌见证了我们的成长》文3篇和相关诗歌活动图片。《编者的话》说:"本期《诗探索》在'诗坛峰会'栏中发表了山东女诗人阿华的30

首新诗力作。阿华作品中对现代性的追求以及她诗歌语言所具备的魅力，让我们看到了当前中国新诗的艺术价值。吴乙一是生活在广东的青年诗人，他源于生活和生命体验的诗歌作品，一定会感动每一位真诚的读者。""'探索与发现'栏中卢卫平、沈苇、王志国三位诗人写给女儿的诗，让我们深入人间真情；青年女诗人林一木与前辈诗人郑敏先生的对话，也让我们看到了中国诗歌之火的传递和延续；尤克利的《远秋》引领我们进入母爱的广阔时空。"坚守新诗二十五年发展的《丑石》诗刊，向我们展示了一个团体的生生不息。中国新诗的发展，就是在众多诗歌团体的共同努力中不断地走向高峰。"

2010年6月 《诗探索·天问中国新诗会所会刊》第2期出刊，刊出王夫刚《短笛吹清水面风——"白洋淀之春·新世纪主题诗会"散记》、林莽《心灵的风——重返白洋淀北何庄》、谢宜兴《白洋淀之春》、苏历铭《看白洋淀——给林莽》等文与诗。

2010年7月1日韩国学者金龙云先生到会所访问

2010年7月18日 由诗探索·天问中国新诗会所、吉林查干湖旅游经济开发区、松原市文联联合主办的"查干湖之夏诗歌朗诵会"在吉林查干湖畔举行，会所联络委员刘鸿鸣、李晓艳召集并主持了朗诵会，夏恩民、江湖、乌银、毛罗等在松原的会所会员20余人参加活动并朗诵了自己的诗作。会所工作人员刘福春、徐丽松出席并在会上介绍了会所工作情况。

2010年7月 《诗探索·天问中国新诗会所会刊》第3期出刊,刊有《诗探索·天问中国新诗会所纪事》《青岛分站会员小型诗歌朗诵暨会员诗歌研讨活动》《2010年度诗探索·华文青年诗人奖专辑》等文。

2010年9月22日 "华文青年诗人奖"是年起改由《诗探索》编辑部主办。《诗探索》编辑委员会与上海松江区委宣传部合作评出的"2010年度诗探索·华文青年诗人奖"颁奖仪式在上海松江区举行。青年诗人黑枣、徐俊国、林莉获奖。白庚胜、张炯、谢冕、吴思敬、庞俭克、舒婷、林莽、刘福春、陈仲义、郁葱等出席了颁奖大会。颁奖会同时还召开了以"从华文青年诗人奖看当前青年诗人的写作状态"的学术讨论会。

谢冕在"2010年度诗探索·华文青年诗人奖"颁奖仪式上致辞

2010年9月 诗探索·天问中国新诗会所编的《2010华文青年诗人奖获奖作品》由漓江出版社出版。作品分为《获奖青年诗人诗选》《入围青年诗人诗选》2辑,《获奖青年诗人诗选》收黑枣《虚构的秋天》、徐俊国《家书》、林莉《虚拟之镇》等诗,诗前附作者短文和《评委评语》。有编者《编后记》。

2010年9月 《诗探索·理论卷》2010年第3辑出刊,《中国新诗:新世纪十年回顾与反思》栏刊出谢冕《奇迹没有发生——两岸四地第三届当代诗学论坛开幕词》等文;《洛夫研究》栏刊出龙彼德《洛夫的意义》等文;《阿毛诗歌

《2010华文青年诗人奖获奖作品》

创作研讨会论文选辑》栏刊出罗小凤《诗歌张力的建构——阿毛诗歌特质之探》等文;《结识一位诗人》栏刊出张清华《"这几乎使我失明的光……"——读寒烟》等文。《编者的话》说:"2010年6月26—27日,由北京大学新诗研究所与首都师范大学中国诗歌研究中心联合主办的'中国新诗:新世纪十年的回顾与反思——两岸四地第三届当代诗学论坛'在北京举行。这是'两岸四地当代诗学论坛'继2007年珠海会议、2008年澳门会议以来的又一次盛会。来自中国内地、台湾、香港、澳门和美国、韩国、新加坡等地区与国家的诗人、学者七十人与会。谢冕在开幕词中指出,新世纪的第一个十年里,'奇迹没有发生,而我们依然等待',他认为'诗歌是做梦的事业,我们的工作是做梦',表示要心怀梦想,期待诗歌奇迹的出现。洪子诚在闭幕式上则针对谢冕所说的'奇迹没有发生,我们还在等待',指出奇迹是可以创造的,要创造产生奇迹的条件,首要的是重新建立我们看待诗歌的方式,如老一代学者和诗人要放下年龄、资格、辈分和美学标准等方面的傲慢心理,关注和培养年轻诗人和学者等诗歌后续力量。会上精彩发言不断。本刊特从会议收到的五十余篇论文中,选出谢冕、罗振亚、苗雨时、黄梁等四位学者的文章,以飨读者。"

2010年9月 《诗探索·作品卷》2010年第3辑出刊,《诗坛峰会》栏刊出侯马《亲爱的伊沙》、古诺《献诗》等诗;《2010年诗探索·华文青年诗人奖特辑》栏刊出2010年"诗探索·华文青年诗人奖"获奖诗人黑枣、徐俊国、林莉的作品;《选读与欣赏》栏刊出吴玉垒《走进白洋淀的诗人们》、李琦《白洋淀三题》等诗文;《新诗图文志》栏刊出有关《诗歌与人》的文与图等。《编者的话》说:"今年创办的'诗探索·天问中国新诗会所'团结了当前诗坛的很多诗人和批评家,我们正在逐步形成一个充满活力的、小众化的、有效的阅读群体。我们相信,这对《诗探索》和中国新诗的发展都将是有益的。""本期《诗探索》重点推出了'2010年度诗探索·华文青年诗人奖特辑'。发表了青年诗人黑枣、徐俊国、林莉的诗歌和文章。这一奖项在推出新人的同时也在倡导诗歌写作的方向,请大家细读他们的作品,从中体会优秀青年诗人的创作与思考。""在'诗坛峰会'一栏中侯马和古诺的诗各有特色。侯马清澈中的厚度和古诺沉郁中的灵动,都体现了现代诗歌的表达方式的多样性,他们的诗歌都是独具特色的好作品。""吴玉垒的有关白洋淀诗歌活动和诗人的随笔超出了一篇活动记述,李琦、高鹏程和路也有关白洋淀的诗歌构建了一个文与诗的特殊境界。""在'诗歌图文志'一栏中,对《诗歌与人》的回顾是多方位的,诗人、评论家、媒体都有具体的好评。"

2010年11月19—21日　诗探索·天问中国新诗会所与昆山市文联合作主办的"诗探索昆山诗歌论坛"在江苏昆山举办。江苏全体会员和浙江的部分会员出席。会所委员林莽、刘福春、苏历铭和诗人王夫刚、诗评家赵思运出席

诗探索昆山诗歌论坛

了会议。林莽和昆山市文联主席老铁共同主持了此次活动。

2010年11月27日 诗探索·天问中国新诗会所与朝阳文化馆主办的"崔学甫个人作品展"在朝阳文化馆举办。诗探索·天问中国新诗会所主持人林莽主持了开幕式,罗新璋、刘福春、马俊华、刘鸣谦出席并讲话。会所会员蓝野、王夫刚、红旗、徐丽松、顾国强、赵青等参加了开幕式。崔学甫,现为韩国东亚大学美术学院教授,此次画展为其第16次个人展,首次国外个人展。

2010年11月 《诗探索·天问中国新诗会所会刊》第4期出刊,刊出《2010年诗探索·天问中国新诗会所工作总结》《翩然落梅的诗》《李点儿的诗》《2010年度"诗探索华文青年诗人奖"在上海颁奖》《会员诗集出版信息》等诗文。

2010年12月21日 《诗探索》编辑部、《读诗》编辑部、《星星》诗刊理论半月刊、诗歌月刊社、《中国诗人》编辑部、《诗生活》网站和诗探索·天问中国新诗会所联合主办的"新世纪以来中国诗歌生态恳谈会"在西溪湿地召开。恳谈会由《诗探索·作品卷》主编林莽主持。诗人、诗歌批评家陈超、刘福春、路也、黄梵、赵思运、潘洗尘、燎原、梁平、陈朝华、李森、唐晓渡等先后就新世纪以来的诗歌批评与写作、诗歌的出版、发表与评奖等诗歌外部与内部问题做了发言。江弱水、李亚伟、潘维、树才、莫非、龚学敏、蓝蓝、桑克、莱耳、苏历铭、王夫刚、舒羽等诗人和部分媒体记者参加了恳谈会。

"新世纪以来中国诗歌生态恳谈会"与会者合影

2010年12月 《诗探索·理论卷》2010年第4辑出刊,《诗歌刊物研究》栏刊出张志国的文章《〈今天〉的创办与诗歌构型》;《中国新诗:新世纪十年回顾与反思》栏刊出黄粱《人之树：新世纪大陆先锋诗歌的文化图像》等文；《中生代诗人研究》栏刊出西渡《"她的脸多么荣耀，和火焰有共同的王冠……"——池凌云试论》等文；《结识一位诗人》栏刊出灵焚《乡土中国的灵魂叙事——〈鹅塘村纪事〉阅读印象》等文；《新诗史料》栏刊出王贺的文章《牛汉、冯振乾与海星诗社》。《编者的话》说："在新时期的中国文学史上，《今天》是个绕不过去的话题。当初几个对诗怀有梦想的年轻人，没有任何资助，顶住压力，惨淡经营，办起了一个独立于主流文学之外的文学刊物。《今天》虽然只存在了两年，但是它在新时期文学史上的影响是深远的。作为一种文学现象，它已成为读者和文学研究者不可漠视的客观存在，作为一个诗歌群体，它呈现了极为丰富与富有生命力的状态。尽管文学史中已有对《今天》的叙述，当事人也有不少对于《今天》的回忆，但是对《今天》的系统研究还不多见。本辑推出的张志国的《〈今天〉的创办与诗歌构型》便是其研究《今天》的系列论文之一，希望借此能加深读者对《今天》的理解，并推动对《今天》的研究。"

2010年12月　《诗探索·作品卷》2010年第4辑出刊，《诗坛峰会》栏刊出张慧谋和殷常青的诗；《探索与发现》栏刊出刘兰萍《物质与精神的悖离——读苏历铭〈东京的某个夜晚〉》等文和诗；《汉诗新作》栏刊出刘普《心中的故乡》等诗；《选读与欣赏》栏刊出王贺辑校的《牛汉早期诗文拾遗》；《新诗集视点》栏刊出子川《现代汉诗的四种阅读——以荣荣的诗为例》等文和诗；《新诗图文志》栏刊出《诗人李琦》。《编者的话》说："这是今年的第四辑作品卷了，本辑共设立了6个栏目，其中'探索与发现'和'汉诗新作'分别设了几个子栏目。共发表了40多位诗人和评论家的诗歌及文章，这是今年作者较多的一辑。""'诗坛峰会'中的诗人张慧谋是一位生活在茂名大海边的诗人，从他的诗歌中，我们可以体验到源自诗人生命深处的情感，他的叙事是坚实而空灵的，他的抒情是生命中不可分割的那部分，因此他的诗才那样耐人寻味。诗人殷常青的这组作品洒脱中体现着灵动的生活经验，在相对稠密的词语间，闪光的诗意让他的诗歌释放出了神秘的力量。""'探索与发现'中的三篇文章有两篇是细读，一篇是诗人的创作思考，我们提倡诗歌写作者不断提高自己的理论素养，写作与研究相结合，才会在作品中不断地有所发现。""牛汉先生今年已经 88 岁高龄，他从十几岁开始诗歌的创作，到目前已有 70 年，他的文集近期也将由人民文学出版社出版。我们在这里发表了王贺对牛汉先生早期诗歌的拾遗整理，那时的作品已让我们感受到一位大诗人的崛起。"

2011年

2011年1月8—9日 诗探索·天问中国新诗会所主持的"诗探索·深圳诗歌论坛"在深圳举办，谢冕、林莽、刘福春、温远辉、吕贵品、黄礼孩、卢卫平、张慧谋、东荡子、莱耳、丁燕、王远洋、张尔、何进、陈马兴、周野、星草、李似弘、吴开展、周先知、戚伟明等30余人参加了本次活动。1月8日上午在深圳世博园举办了以《南国都市报》采访谢冕先生为论题的主题论坛活动。在林莽主持下，谢冕、刘福春、吕贵品、温远辉、卢卫平、黄礼孩六人作为论坛嘉宾，针对"写诗是少数人的事""好诗是让人'感动'的""朦胧诗是

诗探索·深圳诗歌论坛

不可超越的"等话题展开了对话。大家各抒己见，诗人朋友们互有启发，谢冕先生充分肯定了这一论坛的方式。下午，诗人们出席了深圳鹏劳公司的"读书月诗歌朗诵"活动，并登台朗诵。1月9日上午，会员周野、星草、戚伟明、吴乙一等就"一首诗的诞生"谈了自己的认识，诗人东荡子、丁燕谈了自己的诗歌创作体会。林莽向大家汇报了诗探索·天问中国新诗会所的工作，并征求了与会者的意见。

　　2011年1月20日《诗探索》编辑委员会主办的"《诗探索》新春茶话会暨创刊三十周年座谈会"在北京云龙金阁休闲会所举行，诗人、诗评家和文化界人士牛汉、张炯、谢冕、邵燕祥、孙玉石、叶廷芳、杨匡汉、吴思敬、樊希安、林莽、刘福春、王光明、张桃洲、苏历铭、姜诗元、蓝野、王夫刚等20多人出席了座谈会。大家就中国第一本诗歌理论研究刊物《诗探索》的创刊、发展以及30年来对中国新诗的贡献进行了广泛的追忆和回顾，对为《诗探索》的创刊和多年来在工作中作出贡献的诗人和评论家给予了充分的肯定和真诚的评价，也对《诗探索》的编辑者30年来一直是以"义工"的方式工作表达了充分的敬意，对刊物的未来充满了信心和期待。

《诗探索》新春茶话会暨创刊三十周年座谈会

2011年1月 《诗探索》编辑委员会选编，林莽主编的《2010中国年度诗歌》由漓江出版社出版，为"2010中国年度作品系列"之一种。收有丁立《女儿在哭紫茉莉在开》、田禾《去过很多村庄》、郑敏《寂寞候鸟》等诗。有《编者的话》。

2011年3月25—27日 诗探索·天问中国新诗会所主办的"诗探索·文成诗歌论坛"活动在浙江文成举行。谢冕、陈素琰、林莽、刘福春、北野、孙良好、刘红、徐丽松、高崎、筱子、杨方、王祥康、慕白等诗人、学者和文成当地作家共50余人参加了此次活动。在"诗探索·文成诗歌主题讲座"上，谢冕、林莽、刘福春、北野、孙良好以"诗歌是语言的艺术"为主题，分别就"新诗和旧体诗语言的关系""西方翻译作品和新诗语言的关系""中国现代汉语诗歌存在的语言问题"展开了对话。活动期间还举办

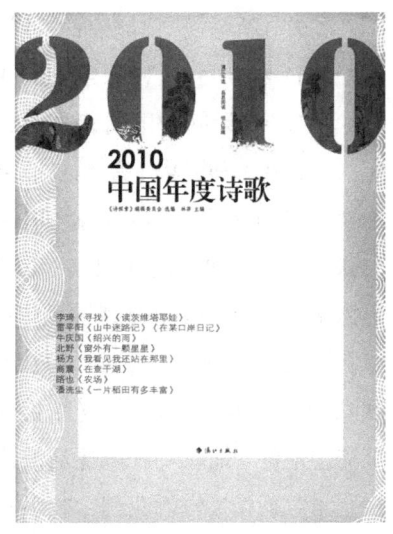

《2010中国年度诗歌》

诗探索·文成诗歌主题讲座

了"书法写新诗展",与会者一同游览了风景优美的"百丈漈风景区"。

2011年3月 《诗探索·天问中国新诗会所会刊》2011年第1期出刊,刊出《诗探索·天问中国新诗会所纪事》《〈诗探索〉新春茶话会暨创刊三十周年座谈会纪要》和阿华《卉木志》、吴乙一《清晨,火车减速》等诗。

2011年4月 《诗探索·理论卷》2011年第1辑出刊,《诗学研究》栏刊出张入云的论文《问题史:中国新诗的音乐性——以新诗音乐性的共时性分析为研究起点》;《屠岸诗歌创作研讨会论文选辑》栏刊出郑敏《屠岸的十四行诗》等文;《中国新诗:新世纪十年回顾与反思》栏刊出于坚等的《世纪初诗歌(2000—2010)八问》;《结识一位诗人》栏刊出霍俊明《暧昧年代的光头与沉滞洼地的"蝴蝶"——沈浩波论》、沈浩波《诗人之心》等文;《姿态与尺度》栏刊出赵毅衡《告诉我们,艺术不是什么》等文;《诗人谈诗》栏刊出苏历铭的诗论《安静写作——一个诗人不应丧失的优秀品质》。《编者的话》说:"《诗探索·理论卷》从2010年第3辑起开辟'中国新诗:新世纪十年回顾与反思'专栏,已发表谢冕等人的多篇文章。为了更多地征询诗人、学者对新世纪诗歌的看法,本刊近来进行了'世纪初诗歌(2000—2010)八问'的问卷调查,请诗人、诗评家就新世纪诗歌的若干问题谈自己的看法,以期能够总结近年诗歌发展中的经验与教训,对于当今及以后诗歌良好生态的形成有所助益。本期参与者是几位二十世纪五六十年代出生的诗人:于坚、郁葱、杨克、伊沙、阿毛、安琪、路也。他们的发言观点不尽一致,但富有个性,一针见血,对我们全面把握新世纪十年诗歌不无裨益。""沈浩波是'70后'诗人中有重要影响,又有巨大争议的诗人。本辑在'结识一位诗人'专栏中,发表了霍俊明、王士强、龙扬志等人的文章,对沈浩波的作品做了较为全面的分析。沈浩波的《诗人之心》则以自白的形式叙述了他近年来写作心态的变化……如果对比一下2000年沈浩波二十四岁时写下的《下半身写作及反对上半身》,再细读一下他于2009年完成的长诗《蝴蝶》,不难看出沈浩波在十年中诗歌观念发生的重要变化,而简单化地把他仅仅定位于一个'下半身诗人',又是多么不合理。"

2011年4月 《诗探索·作品卷》2011年第1辑出刊,《诗坛峰会》栏刊出胡杨、蓝野、谈雅丽的诗;《探索与发现》栏刊出李以亮《奔丧的途中》、中原马车《呈现及隐忍的力量》等文和诗;《汉诗新作》栏刊出《苏历铭诗五首》《〈自行车〉十九人诗选》等诗;《新诗图文志》栏刊出《从广西驶来的〈自行车〉》。《编者的话》说:"'诗坛峰会'一栏由以往的每期两位诗人增加至三位,本期刊发了胡杨、蓝野和谈雅丽的作品。胡杨生活在西部,他用简捷而细微的生活感受,表现了西部生活中的情感和体会。蓝野作为一个生活和工作在北京的诗人,生活的变迁,生命的体验,大都市在时代中的发展,都是他笔下的主题。谈雅丽将她生活的湖南水乡和个人的情感写得丰富而饱满。他们的作品都值得一读。""'探索与发现'一栏中'一首诗的发现'和'一首诗的诞生'两个子栏目的文章,是选自'诗探索·天问中国新诗会所'组织的'诗探索昆山论坛'和'诗探索深圳论坛'的两次活动中会员的发言稿件。这些稿件,体现了会所提倡的理论研究和诗歌创作双向发展的理念和构想。""'新诗图文志'一栏,本次选发了'从广西驶来的诗歌《自行车》'一组回忆、评价和总结性的文字,占了本期较大的篇幅。但因为它具体而详尽的资料,为我们研究一个诗歌群体提供了方便。"

2011年4月 《诗探索·天问中国新诗会所会刊》2011年第2期刊出"诗探索文成诗歌论坛专号",刊有《诗探索·文成

《诗探索·理论卷》2011年第1辑

《诗探索·作品卷》2011年第1辑

诗歌论坛主题对话会议记录》、卢建平《温情阳光下的寂静美学》、杨方《我写〈过黄河〉》等文和木木《走过春天的徐家苑》、鹃子《诗意百丈漈》等诗。

2011年5月28日 《诗探索》编辑部主办的"2011诗探索·中国年度诗会"暨"深圳大望诗歌节"在深圳举行,周亚平、徐芳、阿吾、非亚、川美5位诗人当选"2011诗探索·中国年度诗人"。此活动旨在推出具有独立精神,坚持严肃写作,自觉远离浮躁,保持健康生活态度的中青年实力诗人。为增强其学术性,《诗探索》编辑部聘请了李有亮、谭畅、王学东、赵思运、段美乔5位文学博士,以一对一的形式对5位诗人的作品分别进行了专项研究。张炯、白庚胜、温远辉、谢冕、孙绍振、吴思敬、林莽、李兰妮、徐敬亚、王小妮、吕贵品、刘福春、苏历铭、田地、莱耳、从容、何鸣、阿翔、旧海棠等近200人出席了此次活动。

2011诗探索·中国年度诗会

2011年6月8—12日 诗探索·天问中国新诗会所主办的"轻叩大地之门——著名诗人、评论家走进西海固"诗会在宁夏西海固举行。谢冕、洪子诚、吴思敬、林莽、刘福春、王明韵、王夫刚、李满强、草人儿、林一木、仁谦才华、马占祥、王怀凌、单永珍、杨建虎、红旗、倪万军、雪舟、林混等诗人、学者出席了活动。活动通过研讨会、诗歌朗诵、参观访问等形式进行了别开生面的诗歌交流。

轻叩大地之门诗歌研讨会

2011年6月18—20日 由《诗探索》编辑部和华北油田文联共同主办的"2011年度诗探索·白洋淀主题诗会"在河北白洋淀举办。林莽、刘福春、李怡、罗振亚、李润霞等40多名诗人和评论家参加了活动。诗人、评论家们走访"白洋淀诗歌群落"的诗人们当年插队的地方,召开"白洋淀诗歌群落在诗歌史上的意义与价值研讨会",举行诗歌朗诵会,并创作了一批有关白洋淀的诗歌作品。

白洋淀诗歌群落在诗歌史上的意义与价值研讨会

2011年6月 《诗探索·理论卷》2011年第2辑出刊,《〈诗探索〉出版30周年纪念》栏刊出谢冕《为梦想和激情的时代作证》、杨匡汉《〈诗探索〉草创期的流光疏影》等文;《〈中国新诗总系〉研讨会论文选辑》栏刊出沈奇《梳理、整合与重建——〈中国新诗总系〉初读谫论》等文;《诗学研究》栏刊出郑慧如《语意的蔓延与逸轨——论诗的转喻》等文;《中生代诗人研究》栏刊出姜宝才《钢铁是如何泛出幽蓝的——刘立云印象》等文;《台湾诗歌研究》栏刊出陈大为的论文《20世纪台湾都市诗理论的建构及演化》。《编者的话》说:"《诗探索》于1980年12月正式出版,至今已在风风雨雨中走过了30年。2011年1月20日《诗探索》编辑部在京举办'《诗探索》出版30周年座谈会',张炯、牛汉、邵燕祥、谢冕、杨匡汉、孙玉石、叶廷芳等诗人、学者出席。与会者回顾了《诗探索》走过的艰难的路程,也对《诗探索》提出了要求与期望。本辑在'《诗探索》创刊30周年纪念'栏目中发表了座谈纪要,以及谢冕、杨匡汉、刘福春的具有史料价值的文章。谢冕作为《诗探索》编辑委员会主任,在《为梦想和激情的年代作证》一文中说:'《诗探索》的立场是坚定的,它选择了前进和自由,《诗探索》不想充当某一诗歌流派的代言人,也不谋求成为某一种风格的鼓吹者。它矢志不移地为诗歌思想艺术的前进和变革而贡献热情和智慧,它始终不渝地与探索者站在一起。'这是对《诗探索》所走过的道路的回溯,也是对《诗探索》编辑方针的宣告。"

2011年6月 《诗探索·作品卷》2011年第2辑出刊,《诗坛峰会》栏刊出韩玉光、君儿、谷禾的诗;《探索与发现》栏刊出杜涯《杜涯诗文选读》、杨景荣《我的诗歌理想》、叶橹《论韩作荣的"三无"之诗》等文与诗;《新诗图文志》栏刊出《诗人编辑家王燕生》。《编者的话》说:"本辑作品卷共分了五个大的栏目,发表了近三十位作者的诗和文章。在《诗坛峰会》一栏中,韩玉光用自己特有的诗歌方式,表达了对父亲和母亲无限深情的爱;诗人君儿随心所欲的书写心态,让诗歌具有了飞扬的心绪;诗人谷禾细致的表达,让我们再次回到了城乡生活的现场。三个诗人各有不同的书写方式,他们以自己的笔触,向我们展示了诗歌的魅力。""在《探索与发现》一栏中有三个子栏目。《作品与诗话》中杜涯及杨景龙的诗文都很有特色,杜涯的大度与开展,杨景龙的犀利与深入,都为我们展现了新诗的优秀品质。叶橹、赵思运、郭栋的文章,向我们推介了三位作者的诗歌作品,也有很好的借鉴价值。""诗人王燕生的离世,引发了许多诗人的无限怀念。作为一个诗人和编辑家,他曾为中国新诗做了许许多多的贡献，大家不会忘记一个如此优秀的人，我们在《新诗图文志》发表了一些照片和文章，深表我们对他的敬意和悼念。"

2011年6月　诗探索·中国年度诗人评审委员会编的《2011诗探索·中国年度诗人》由漓江出版社出版。收录了诗探索·中国年度诗人评审委员会评出的"2011诗探索·中国年度诗人"非亚、川美、徐芳、阿吾、周亚平5人诗作，诗作前有赵思运、段美乔、李有亮、谭畅、王学东评。有《编者的话》。

《2011诗探索·中国年度诗人》

2011年7月23—25日　由诗探索·天问中国新诗会所与吉林查干湖管委会及松原市文联合作主办的"诗探索查干湖诗歌朗诵会"在吉林省松原市查干湖举办。冯秋子、李秀珊、子川、王明韵、张洪波、宗仁发等刊物主编出席了朗诵会，会所工作人员林莽、刘福春、苏历铭、徐丽松和吉林、黑龙江的部分会员参加。

诗探索查干湖诗歌朗诵会

2011年8月 《诗探索·天问中国新诗会所会刊》2011年第3期出刊,《诗探索·中国年度诗人诗会专栏》刊出王学东《"2011诗探索·中国年度诗会暨大望诗歌节"活动介绍》等文;《诗探索·西海固诗会专栏》刊出倪万军的诗会综述《轻叩大地之门》和单永珍《整体的局部——我写〈月牙泉的传说〉》等文。

2011年9月19日 由首都师范大学中国诗歌研究中心主办的"2011年首都师范大学驻校诗人入校仪式"在首师大国际文化大厦举行,"2010年度诗探索·华文青年诗人奖"获奖者徐俊国作为驻校诗人入驻首都师范大学。林莽、吴思敬、赵敏俐、叶延滨、刘士杰、刘福春、商震、王光明、孙晓娅、林喜杰、杨奕黎、哨兵、谷一海、李桂杰、胡军、杨北城、黄离、徐宪刚、李志强、霍俊明、马淑琴、卧夫、徐丽松、蓝野、邰筐、冯连才、龚奎林、安琪、爱斐儿、阿西、赵青等评论家、诗人以及首都师范大学中国诗歌研究中心的部分硕士、博士研究生共50余人参加了此次活动。活动由首都师范大学中国诗歌研究中心孙晓娅副教授主持。

2011年首都师范大学驻校诗人入校仪式

2011年9月24日 由《诗探索》编辑部、高密市人民政府联合主办的首届"红高粱诗歌奖"颁奖仪式在山东高密"红高粱艺术节"开幕式上举行。本届"红高粱诗歌奖"评委林莽、商震、蓝野和获奖代表阿华、慕白出席了这一活动,作家莫言、张炜和林莽、商震为获奖者颁奖。

首届"红高粱诗歌奖"颁奖仪式

2011年9月 《诗探索·理论卷》2011年第3辑出刊,《中外诗歌比较研究》栏刊出[意大利]朱西的论文《波特莱尔：中国当代文学的现代诗传统——以陈敬容和多多为例》;《纪念张枣》栏刊出张光昕《茨娃密码——张枣诗歌的微观分析》等文;《王夫刚诗歌创作研讨会论文选辑》栏刊出燎原《乡村，作为诗歌"唤起的力量"》等文;《结识一位诗人》栏刊出霍俊明《"羞耻"的诗学与"惯见"的策反者——朵渔论》等文;《诗论家研究》栏刊出陈卫的论文《与当代诗歌一起长跑——陈仲义1980年代以来诗学著作研究》;《外国诗论译丛》栏刊出[美]乔纳·拉斯金著、李嘉娜译的文章《〈嚎叫〉创作前后及伟大诗人的诞生》。《编者的话》说："新诗的诞生是与外来文化的影响分不开的。正是一些留学西方的青年最早进行了新诗的尝试，正是西方诗学的引进才促成了新诗理论的萌芽。对西方文化的影响与中国新诗发展的互动关系进行研究，始终是中国新诗理论建设的一个重要内容。本辑有两篇文章正与此相关。一篇是意大利巴勒莫大学朱西（Giusi Tamburello）的《波特莱尔：中国当代文学的现代诗传统》，通过对陈敬容与多多的作品的分析，来论述波特莱尔对中国现代诗的影响。另一篇是美国作家乔纳·拉斯金的《〈嚎叫〉创作前后及伟大诗人的诞生》（李嘉娜译），此文以丰富的史料，介绍了20世纪50年代前后金斯堡创作《嚎叫》的背景、写作初衷、写作与修改过程，以及写作完成之后，诗人以奇特的脱衣朗读等方式对作品的宣传与推销。鉴于《嚎叫》是美国后现代诗歌的扛鼎之作，对中国新时期以来的诗歌创作，特别是'第三代'诗的创作有巨大影响，本文溯本清源，有助于读者对美国'嚎叫派'创作真相的理解，也有助于对'嚎叫派'在中国的影响和传播的考察。"

2011年9月　《诗探索·作品卷》2011年第3辑出刊，《诗坛峰会》栏刊出韩文戈、扶桑、友来的诗；《探索与发现》栏刊出《陈亮诗文》《灯灯诗文》等；《汉诗新作》栏刊出杨方《务川或洪渡河》等诗；《选读与欣赏》栏刊出韦锦《无声息的转弯》、唐晓渡《为"宏大抒情"正名——读韦锦〈蜥蜴场的春天〉》等文与诗。《编者的话》说："'诗坛峰会'中的诗人韩文戈80年代步入诗坛，曾以优秀的乡土抒情享誉诗坛。后退守到个人的写作中，多年不发表作品。近期自印诗集两部，在朋友间传递交流，内心始终怀着对诗歌的一片虔诚，多年的修炼，自然会有丰硕的成果。这里，我们选发了他的近期佳作二十八首。诗人扶桑的诗歌淡雅中满含深情，这与她年轻时代的诗歌抒情方式有了极大的差异。诗人友来同扶桑一样，经历了近十年的脱胎换骨式的自我调整，他现在的诗歌从意识到语言，都具有了更丰富的内涵与魅力。""'欣赏与选读'中，诗人的自述和他人的评点相结合，为诗歌开辟了一个自由品评的平台。高品位和探索性，一直是《诗探索》所主张的方针。"

2011年9月　《诗探索·天问中国新诗会所会刊》2011年第4期出刊，《查干湖主题诗会专辑》刊出隋言《真实的生活　诗意的栖居——诗探索查干湖主题诗会散记》和焦洪学《青山头怀古》等诗；《白洋淀主题诗会专辑》刊出韩玉光《时光重现：撷取明珠上的光芒——第二届"诗探索·白洋淀主题诗会"侧记》、李寒《中国现代诗歌发展链条上的黄金一环》等文和杨方《夕光中的白洋淀》、韩嘉川《写给遥远的白洋淀》等诗。

2011年10月18日　由诗探索·天问中国新诗会所和朝阳区文化馆共同主办的"水与人——朴康平摄影作品展"在北京朝阳区文化馆展厅开幕，在京的部分新诗会所的会员参加了开幕式。朴康平，1980年代初毕业于北京大学中文系，曾任《中国作家》的诗歌编辑，1980年代末到德国工作，业余从事摄影。此次展览主要选择了抓拍的人像和水中的倒影，几位诗人为展出配了诗。

朴康平摄影作品

开幕式前参加开幕式的会员举行了一次小型的读诗会，大家就"一组对应的词、三句话和五首诗"进行了研读和讨论，与会者通过对优秀作品的分析、讨论，对诗歌写作的语言和方式有了新的认识。

2011年10月　《诗探索》编辑部主编的《2011华文青年诗人奖获奖作品》由漓江出版社出版。作品分为《获奖青年诗人诗选》《入围青年诗人诗选》两部分，《获奖青年诗人诗选》收有蓝野《母亲》、宋晓杰《面对雪野的感动》、谷禾《月光下的故乡》等诗，有评委评语。

2011年11月7日　上海市文广局、松江区政府联合主办的第五届上海朗诵艺术节开幕式暨"2011年度诗探索·华文青年诗人奖"颁奖典礼在上海松江举行，谢冕、吴思敬、林莽、白烨、季振邦、商震、刘福春、王明韵等专家、学者、诗人出席。中国文联书记处书记白庚胜发去贺信。北京大学中国诗歌研究院院长、《诗

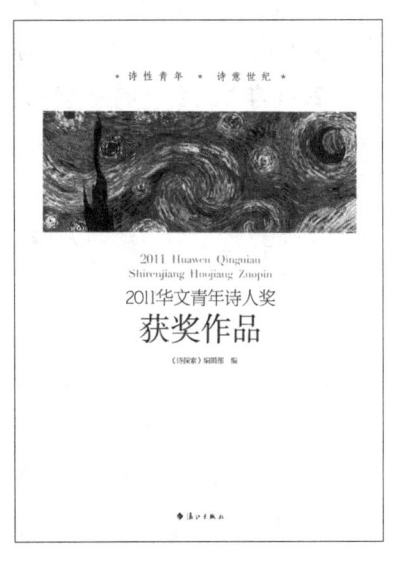

《2011华文青年诗人奖获奖作品》

探索》编辑委员会主任谢冕为获得"2011年度诗探索·华文青年诗人奖"的三位诗人蓝野、宋晓杰、谷禾致授奖词并颁奖。开幕式后,与会领导、嘉宾与来自社区、街镇、学校的1000余名观众观看了朗诵表演。

"2011年度诗探索·华文青年诗人奖"颁奖典礼

2011年12月 诗探索中国新诗会所(原诗探索·天问中国新诗会所)得到北京朝阳区文化馆馆长徐伟的支持,搬至北京朝阳区文化馆提供的场所办公。共有房间4间,其中一间筹建中国新诗版本收藏馆。

2011年12月 《诗探索·理论卷》2011年第4辑出刊,《口语诗研究》栏刊出伊沙《我说"口语诗"》等文;《杨牧研究》栏刊出燎原《边地苦难中的灵与肉——杨牧诗歌片论》等文;《骆一禾研究》栏刊出西渡、张玞等《"一个人去建造一座教堂"——骆一禾诗歌研讨会录音整理》等文;《吉狄马加学术研讨会论文选辑》栏刊出[立陶宛]托马斯·温茨洛瓦著、刘文飞译《民族诗人和世界公民——在"全球视野下的诗人吉狄马加学术研讨会"上的发言》等文;《结识一位诗人》栏刊出霍俊明《"你在时光中学习擦亮一道光芒"——黄礼孩诗歌论》等文。《编者的话》说:"新世纪以来,随着网络诗歌的兴起,口语诗歌铺天盖地而来,这其中有优秀的篇章,但也有取消深度、取消难度,流水账式记录生活,粗鄙、无聊的'口水'之作。因此,对'口语诗'写作做一些正本清源的工作,弄清楚什么是真正的口语诗,什么是口语写作,在当下还是很有必要的一件事。为此，本刊特辟'口语诗研究'专栏，本期先发表伊沙、徐江、陈亮的三篇文章，以期引起大家的关注和讨论。""在本辑的'结识一位诗人'栏目中，推出了'70后'诗人黄礼孩。在当代青年诗人中，黄礼孩以极大的热情与精力编辑民刊《诗歌与人》，组织诗歌活动，显示了为诗歌而奉献的精神，为当下诗歌的创作与研究做出了贡献。黄礼孩不只是诗歌民刊的编辑者和诗歌活动的组织者，同时也是一位'70后'的有代表性的诗人。本辑刊发的霍俊明的《'你在时光中学习擦亮一道光芒'——黄礼孩诗歌论》，全面阐述了黄礼孩作为'70后'代表性诗人的意义。"

2011年12月　《诗探索·作品卷》2011年第4辑出刊，《诗坛峰会》栏刊出江一郎、马飚、风子的诗;《探索与发现》栏刊出筏子《筏子诗文》、颜非《给小樵的信（关于〈鱼，玄机〉的创作思路浅谈）》等诗文;《汉诗新作》栏刊出孙立本《沟壑与斑斓》等诗;《选读与欣赏》栏刊出《首届中国红高粱诗歌奖获奖诗人诗选》和《2011年诗探索·华文青年诗人奖获奖诗人谈诗》。《编者的话》说:"'诗坛峰会'选了江一郎、马飚和风子三位诗人的作品。江一郎对日常生活中的敏锐发现和冷静而精确的叙述与表达，让我们看到，在看似普通的题材中，优秀的诗人也能用机敏与锐利的语言，创作出优秀的诗歌作品;同样，马飚的洒脱和灵动，风子的细微和明净，都是值得我们研究和借鉴的。""'探索与发现'又分了三个子栏目:'作品与诗话''青年诗人谈诗'和'文本析读'。前两个栏目是以青年诗人的文章和作品为主的，发表了他们对当前诗歌形态的看法和他们的部分优秀诗歌作品。'文本析读'一栏中颜非的作品《鱼·玄机》和樵夫、卢建平的文章，向我们展示了诗人颜非从构思到写作都具探索性与创新精神的诗歌作品。""'选读与欣赏'，展示了《诗探索》今年两个奖项的获奖者的作品与诗话。今年《诗探索》除进行了'年度诗人'的评选外，还进行了'诗探索·华文青年诗人奖'和'首届红高粱诗歌奖'的评奖活动，这两个奖项，一个是年度奖，一个是征文组诗奖。这样，《诗探索》的三项评选活动便有了一个立体的结构。本栏中有五位'红高粱诗歌奖'获奖者的获奖辞和诗歌作品选读，有三位'华文青年诗歌奖'获奖者的感言和论文。"

2012 年

2012 年 1 月 《诗探索》编辑委员会选编、林莽主编的《2011 中国年度诗歌》由漓江出版社出版,为"2011 中国年度作品系列"之一种。收有于坚《悼迈克尔·杰克逊》、红旗《黄昏》、郑伶《当我有一天》等诗。有《编者的话》。

2012 年 4 月 《诗探索·理论卷》2012 年第 1 辑出刊,《新诗与浪漫主义研讨会论文辑》栏刊出沈奇《不可或缺的浪漫与梦想——关于新诗与浪漫主义的几点思考》等文;《中国新诗:新世纪十年回顾与反思》栏刊出子张《十年诗:"本土的"与"母语的"》等文;《诗学研究》栏刊出叶橹《自由·格律·形式感》等文;《中生代诗人研究》栏刊出陈超《试着赞美这残缺的世界——论大解的短诗和长诗》等文;《台湾诗歌研究》栏刊出简政珍《台湾诗的都市空间与修辞》等文。《编者的话》说:"最近几年,浪漫主义与新诗的问题,重新引起了诗歌理论界的关注。上世纪 80 年代中期以来,随着'朦胧诗'和'第三代诗'的兴起,当代诗歌写作表现了向现代主义倾斜,反省、离弃浪漫主义的诗学取向;新诗史的研究也出现了以现代主义来重新确立评价标准,重构诗歌史秩序的偏移。这在给诗歌发展提供新的可能性的同时,也不可避免地出现

《2011 中国年度诗歌》

了某些偏差。为了进一步辨识当前诗歌批评、诗歌史研究和诗歌写作面临的问题，有必要从新诗现状与历史、写作实践和理论诸方面来检讨梳理一下新诗与浪漫主义的关系。2011年10月22—23日，北京大学中国新诗研究院和首都师范大学中国诗歌研究中心联合主办的'"新诗与浪漫主义"学术研讨会'在北京召开，来自中国内地、台湾、澳门、美国和意大利等地区和国家的近50位学者，围绕'新诗与浪漫主义'这一主题展开了广泛而深入的交流和讨论。学者们寻根溯源，试图由浩如烟海的新诗史料中梳理出一条较为清晰的浪漫主义诗学脉络，并指出浪漫主义是一把'双刃剑'，在浇灌了中国本土诗学之花的同时，也给它带来了相当大的压抑和束缚。这是一场有较高学术水准的讨论，本刊特选发沈奇、李怡、王东东、李春的论文，以期引起读者的关注，使讨论得以推进和深化。"是期起改由漓江出版社出版。

2012年4月 《诗探索·作品卷》2012年第1辑出刊，《诗坛峰会》栏刊出牛庆国、苏浅的诗与文和《陈超自选新世纪以来短诗十首》等；《探索与发现》栏刊出《丁立诗文》《高鹏程诗文》等；《汉诗新作》栏刊出杨秀清、杨志海等《新诗六家》和《台湾散文诗六家》；《译作与研究》栏刊出《日本三诗人作品选择》。《编者的话》说：

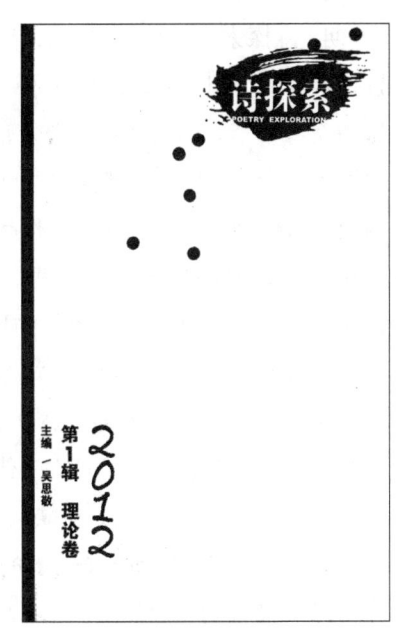

《诗探索·理论卷》2012年第1辑

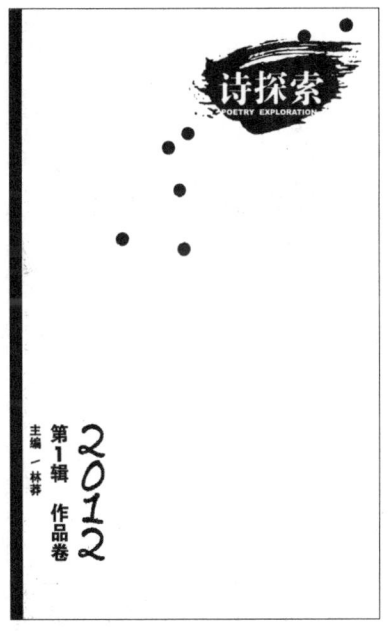

《诗探索·作品卷》2012年第1辑

"本期《诗探索·作品卷》'诗坛峰会'栏中,增加了'新世纪聚焦'这一栏目,旨在展示新世纪以来,诗坛优秀诗人的创作实绩。本期刊出了诗人、评论家陈超和女诗人李南的诗作各十首及他们近十年来的创作简况。'推荐与展示'栏中发表了诗人牛庆国、苏浅两位诗人的作品与创作年表。牛庆国的质朴、苏浅的敏锐都体现了各自的特色。作品的个性是每一位诗人立足诗坛的基础。""本期在'探索与发现'栏目中,我们推出了八位年轻诗人的作品、诗话和对当前诗坛状态的评述性文字。他们的作品和想法,反映了一批正在走上诗坛第一线的诗人们的思考和认知。""本期的'译作与研究'刊出了三位出生于上世纪五六十年代的日本诗人的作品。他们的作品取材于日常生活,以生活体验和内在心理的呈现,传达了日本一代人的生活感受和心灵状态。""本期我们还推出了'台湾散文诗六家'。海峡两岸诗人作品的交流,诗人之间的相互了解和相互促进,一定会推动汉语诗歌的发展。"

2012年4月 会所会刊2012年第1期出刊,更名为《诗探索中国新诗会所会刊》,刊出《盘峰诗会资料汇编》和《诗探索中国新诗会所全国公安联络站会员作品展示》。《盘峰诗会资料汇编》刊出柴福善《"盘峰论剑"前后》《一个旁观者的实录》和张清华《一次真正的诗歌对话与交锋——"世纪之交:中国诗歌创作态势与理论建设研讨会"述要》、竹寺《关于"知识分子写作"与"民间立场"的争论》文4篇,《编者按》说:"盘峰会议已经过去了12年,它的历史价值与意义已经显现在诗坛上。今天将有关的原始个人纪录、当时的会议综述、部分照片和相关的争论连接文章一同汇总刊发,以方便大家的收集与研究。"

《诗探索中国新诗会所会刊》2012年第1期

2012年5月《诗探索中国新诗会所会刊》2012年第2期出刊,刊出《〈羊城晚报〉和〈南方周末〉两媒体对北岛的两次采访》、吴家瑾《一个诗编辑的中年记忆》等文和吴波、陈永多等人的诗。

2012年6月 《诗探索·理论卷》2012年第2辑出刊,《中外诗歌比较研究》栏刊出陈大为的论文《阴影里的明灭——美国垮掉派对李亚伟"莽汉诗歌"的影响研究》;《诗学研究》栏刊出马绍玺《"春"之体验与西南联大诗歌现代性的生成》等文;《口语诗研究》栏刊出王学东《"口语"与中国新诗的"诗本身"》等文;《小说家的诗创作》栏刊出王万顺《作为小说互文性的存在或其他——当代小说家诗歌创作现象简析》等文;《结识一位诗人》栏刊出李海英《经验场域的舞蹈——论泉子的诗》等文。《编者的话》说:"1984年初,由活跃在西南师范大学、南充师范学院和四川大学的校园诗人李亚伟、万夏、胡冬等提出来的'莽汉主义',既是一种诗学主张,又是一种人生行为。这是愤世嫉俗而又玩世不恭、放荡不羁的一群,他们对美国上世纪五六十年代'垮掉的一代'有一种天然的认同感,称金斯伯格等'嚎叫派'诗人为'洋莽汉'。莽汉主义作为80年代中期涌现的诸多的诗歌群落之一,在此后的诗坛上产生了相当影响。本刊1996年第2辑(总第22辑)曾在《当代诗歌群落》的栏目下刊发了李亚伟的《英雄与泼皮》、杨远宏的《我所认识的莽汉们》。本辑所刊发的台湾学者陈大为的《阴影里的明灭——美国垮掉派对李亚伟'莽汉诗歌'的影响研究》,则运用比较文学的方法,对'莽汉主义'诗人与美国'垮掉的一代'做了细致而全面的比较,指出'相对于垮掉派在理论层次的复杂度和思想的深度,李亚伟等莽汉诗人的诗歌创作和诗歌运动,显得莽撞、粗浅、狭隘'。本刊2011年第3辑与第4辑曾刊登美国作家乔纳·拉斯金的《〈嚎叫〉创作前后及伟大诗人的诞生》及《〈嚎叫〉审判过程及其美国智慧的彰显》(李嘉娜译),介绍了《嚎叫》的创作背景、动机、写作过程、宣传策略,以及受到美国法律起诉与审判的情况,可与陈大为的文章参看。"

2012年6月 《诗探索·作品卷》2012年第2辑出刊,《诗坛峰会》栏刊出张红兵、许敏的诗与文和《张洪波自选新世纪以来短诗十首》等;《探索与发现》栏刊出易彬《死于冷漠——于坚诗〈外婆〉解读》等文与诗;《汉诗新作》栏刊出晓弦、夏午、孙方杰等《新诗五家》和《新加坡诗人作品小辑》;《赏析与选读》栏刊出梁久明《对视——组诗〈从 1963 年开始〉创作随想》和组诗《从 1963 年开始》等。《编者的话》说："本期《诗探索·作品卷》推出五个大的栏目，其中包含八个子栏目。""在《诗坛峰会》的子栏目《推荐与展示》中，我们刊出了本世纪有良好写作成绩的诗人张红兵和许敏的诗歌作品和谈诗的短文。张红兵的诗歌智慧而冷静，在准确的语言叙述中，凸显出作者内在的真情。许敏的诗歌语言细微，情感真挚，有很好的唯美的抒情性。本栏中的《新世纪聚焦》选择了诗人张洪波和子川的新世纪十年中的自选诗十首。两位资深诗人的十年作品，体现了他们的写作个性和优秀诗歌的独特品质。""在《赏析与选读》的《特别推荐》子栏目中，重点推出了诗人梁久明的组诗《从 1963 年开始》。这组诗歌如同一个人的生活心灵史，诗人以诗歌叙事和抒情的特色，简洁而生动地将自己生命历程中的最有生活和社会价值的人和事给予了诗意的再现，这是一组优秀的有生活底蕴的深情之作。它质朴，真切，不先锋，不矫情，不怨天尤人，不故作高深，但它会引发一代人的回顾与深思，是一组很有价值的诗歌力作。"

2012 年 7 月 6 日　　由首都师范大学中国诗歌研究中心主办的"首都师范大学驻校诗人徐俊国诗歌创作研讨会"在北京紫玉饭店举行。研讨会对作为"2010 年度诗探索·华文青年诗人奖"获奖者入驻首都师范大学的驻校诗人徐俊国的诗歌创作进行了探讨。吴思敬、林莽、刘福春、孙晓娅、陆春彪、陈仓、王巨川、洪烛、王久辛、周庆荣等来自北京、上海、辽宁、河北等地的学者、评论家、诗人以及首都师范大学中国诗歌研究中心部分硕士研究生共 40 余人参加。研讨会由首都师范大学孙晓娅副教授主持。首都师范大学中国诗歌研究中心副主任、《诗探索·理论卷》主编吴思敬在致辞中充分肯定了徐俊国驻校一年来所取得的丰硕成果，称赞其勇于尝试不同类型诗歌技法的创新。

2012 年 8 月　《诗探索中国新诗会所会刊》2012 年第 3 期出刊，刊出《2012 年度华文青年诗人奖揭晓》《诗探索中国新诗会所两位顾问郑敏、谢冕文集出版》等消息和顾彬《一个作家会写为什么我们的世界是这个样子》、王小妮《我没法帮孩子们恢复文字的原本活力》等文。

2012年7月6日,"首都师范大学驻校诗人徐俊国诗歌创作研讨会"在北京紫玉饭店举行

2012年9月18日 由首都师范大学中国诗歌研究中心主办的"2012年首都师范大学驻校诗人入校仪式"在京举行,"2011年度诗探索·华文青年诗人奖"获奖者宋晓杰作为驻校诗人入驻首都师范大学。吴思敬、刘士杰、林莽、刘福春、孙晓娅、张桃洲、张松建、霍俊明、王士强、冯雷、吴子林、徐丽松、蓝野、娜仁琪琪格、安琪、爱斐儿、大卫、陈涛、冯连才、赵青、陈克峰、星汉、卧夫、麦岸等评论家、诗人以及首都师范大学中国诗歌研究中心的部分硕士研究生共30余人参加了活动。活动由首都师范大学中国诗歌研究中心孙晓

2012年首都师范大学驻校诗人入校仪式

娅副教授主持。

2012 年 9 月 《诗探索·理论卷》2012 年第 3 辑出刊，《诗学研究》栏刊出胡亮《诗人之死》等文；《80 后诗歌研究》栏刊出王彦明《漂泊者的"和声"：跨世纪的 80 后诗歌》等文；《徐俊国诗歌创作研讨会论文选辑》栏刊出路也《诗人徐俊国的"动物学"》等文；《结识一位诗人》栏刊出霍俊明《"每一站都有人怀揣修辞的力量"——孙磊诗歌散记》等文；《姿态与尺度》栏刊出陈卫《"没有爱过所以我无法死亡"——论沈泽宜的诗》等文。《编者的话》说："自 20 世纪以来，诗人自杀就成了一种触目惊心的文化现象。在西方，叶赛宁、马雅可夫斯基、普拉斯、策兰、塞克斯顿……这一系列有才华的诗人用不同方式结束了他们的生命，令人扼腕叹息。在中国，自从诗人闻捷的自杀，被戴厚英写进长篇小说《诗人之死》之后，对'诗人之死'的询问就成了诗歌界的一个恒常话题。特别是 1989 年 3 月诗人海子自杀后，又出现了骆一禾、方向、戈麦、顾城、麦可、马骅、余地、马雁等年轻诗人的夭亡。胡亮在阅读了这些年轻诗人的全部诗作和相关资料的基础上，写出《诗人之死》一文，提醒大家记住这九位夭折的诗人。作者认为，诗人之死正在向众人之生频频发问。如果众人都无视这凌厉的发问，而且都不能给出光辉的回答，那么，这既是死者的悲哀，亦是生者的悲哀。"

2012 年 9 月 《诗探索·作品卷》2012 年第 3 辑出刊，《2012 华文青年诗人奖专辑》栏刊出《2012 华文青年诗人奖获奖诗人及获奖评语》和获奖诗人郭晓琦、丁立、杨方的作品；《诗坛峰会》栏刊出《龙泉创作年表》《龙泉诗 20 首》《柳沄自选新世纪以来短诗十首》《非亚自选新世纪以来短诗十首》等诗文；《探索与发现》栏刊出潘洗尘、冯娜等《作品与诗话》和《黄离长诗二首》等诗文；《汉诗新作》栏刊出吴开展、陈马兴等《新诗六家》和白庆国、师榕等《短诗一束》。《编者的话》说："首先要介绍的第一个专辑，是今年刚评定的'华文青年诗人奖'专辑。今年摘取桂冠的三位青年诗人是：甘肃诗人郭晓琦，河南诗人丁立，浙江诗人杨方。他们都是这一奖项近几年连续的入围者，由于他们的不断努力和多年不间断的创作成绩，今年终于如愿以偿。这也是这一奖项的第十届了，已有三十个新世纪以来最优秀的青年诗人获得了这一奖项，他们至今都是站在当前诗坛第一线上的诗人，他们无疑是新世纪中国新诗的中坚力量。""'诗坛峰会'中介绍了三位诗人的作品。'推荐与展示'中推出了诗人龙泉，他的作品，语言简明、清晰，冷静而明朗的诗歌，抒发了对人生多维度的思考和丰富的生命经验，表现了一个诗人对生活、社会以及自我的丰厚的认知能力。在'新世纪聚焦'栏中非亚的诗歌同样是明朗和清晰的，他简明的语言，干净而锋利的表达，让读者在阅读中，突然洞察了曾被自己忽略了的某些东西，他让日常的生活有了诗意。诗人柳沄一直以真诚写作为大家所敬重，他的十年十首的自选诗歌，让我们读到了诗人透彻而深邃的哲理与认知，但他不说教，而是以诗的生动而形象的语言，将自己的认知传达给了每一个有着与他相同文化经验的人。"

　　2012年10月26—28日　由《诗探索》编辑部、潍坊报业集团、潍坊市文联联合主办的"诗探索昌乐诗歌论坛暨中国诗人走进蓝宝石之都采风活动"在昌乐举行。林莽、刘福春、苏历铭、蓝野、韩嘉川、张毅、高建刚、尤克利、高文、孙方杰、李林芳、李云、邵竹君、阿华、吴玉垒、瓦刀、鲁芒、许烟华、朱建霞、小西、江红霞、王宏侠、王德席、曹玉霞、史怀宝、张劲松、张佑锋、张克奇、唐含玉等诗人、作家、评论家及媒体记者40余人参加了活

诗探索昌乐诗歌论坛暨中国诗人走进蓝宝石之都采风活动

动。活动共分采风创作、中国诗歌主题论坛、名家进校园三项内容。在诗探索·昌乐诗歌论坛上，与会诗人围绕"我想成为一个怎样的诗人""我对当下诗歌现状的看法"等主题，结合自身创作经历和感悟展开了热烈的对话，对当代诗歌现状进行了探讨。

2012年10月29日 《诗探索》编辑部、中共高密市委宣传部、高密市广新局等联合主办的第二届"红高粱诗歌奖"颁奖典礼在山东高密"红高粱艺术节"开幕式上举行，雷霆（山西）、李林芳（山东）、何居华（贵州）、许敏（安徽）、灯灯（浙江）五位诗人获奖。该奖项旨在传承红高粱精神，奖掖中国新乡土诗领域的优秀诗人，更好推动当代诗歌发展。作家莫言出席了颁奖仪式。中国艺术研究院副院长贾磊磊和《诗探索·作品卷》主编林莽为第二届"红高粱诗歌奖"获得者颁奖。

2012年10月31日 林莽、刘福春与徐伟等人在北京朝阳区文化馆讨论举办诗歌活动事，确定题目为"打开窗户——新诗探索四十周年"，《诗探索》编辑委员会和北京朝阳区文化馆主办。

2012年10月 《诗探索》编辑部编的《2012华文青年诗人奖获奖作品》由漓江出版社出版。作品分为《获奖青年诗人诗选》《入围青年诗人诗选》两部分，《获奖青年诗人诗选》收有郭晓琦《打磨一把铡刀》、丁立《冬天，小动物的睡眠让人幸福》、杨方《务川，秋别》等诗，有评委评语。

2012年12月11日 配合"打开窗户——新诗探索四十

第二届"红高粱诗歌奖"海报

年"系列活动制作的大型画册《打开窗户——新诗探索四十年》开印。该书由《诗探索》编辑委员会与北京朝阳区文化馆主编,徐伟监制,林莽、刘福春、樊欣颖策划,夏男设计,边群照片处理,图文并茂地展示了新诗探索40年的历程。书前谢冕《窗子如花,开向春天》讲:"那时所有的窗子都是封闭的。封闭的窗子,使人们看不到外边的风景,看不到星星,看不到月亮,当然也看不到阳光。房屋,树木,人,还有思想和艺术,所有的一切都被这无边的暗黑笼罩着、吞噬着,留给我们的只是无边的暗黑。我们被这无边的暗黑所囚,我们与世隔绝。于是开始无望地等待,而等待也是无边,而且也是暗黑。""上一个世纪70年代,周遭依然暗黑,而暗黑中有微光,有沉默中的悄悄的呼唤。那是在团泊洼,那是在白洋淀,那是在中国广大的没有星光的田野和村落。有静默的'宣告',也有坚定的'回答',以手抄本,以油印件,以传单和张贴,最后是正式的诗刊、诗报的方式,传达着中国最年轻的探索和实验的声音。这是经历了苦难之后的中国诗歌的最强音,诗人告诉我们:相信未来!""窗子郑重而庄严地打开了。诗歌首先宣告了中国的新生。这就是先行者们日夜梦想着的中国的青春。在中国广袤的国土上,所有的窗子如花开放,向着春天。"

  2012年12月14—16日 由《诗探索》编辑委员会和北京朝阳区文化馆主办,鲁迅文学院、首都师范大学中国诗歌研究中心、漓江出版社、朝阳区摄影家协会、798玫瑰之名艺术中心、北京9剧场、北京9当代舞团等13个单位联合承办的"打开窗户——新诗探索四十年"系列活动在北京798玫瑰之名艺术中心举办。14日全国与会诗人到会,上午出席诗探索中国新诗会所见面座谈会,参观中国新诗版本收藏馆。下午诗人们分别出席首都师范大学驻校诗人回访座谈会和鲁迅文学院青年作家研讨班学员的对话会。15—16日的活动共分为18个单元,内容涵盖

大型画册《打开窗户——新诗探索四十年》

打开窗户——诗歌文化论坛、谢冕和孙绍振先生的对话、青年评论家和诗歌刊物主编的论坛、新女性读诗会、"理想时代"诗歌朗诵会、华文青年诗人奖十年庆典、新诗探索四十年图片展、新诗手稿展、书法写新诗展、"诗人的春天在中国"诗歌招贴画展等活动。活动与影像表演、时装秀、现代舞、摇滚乐等现代艺术相结合，全程与现场观众不间断进行互动，全面传播新诗经典作品，让"打开窗户"主题活动更加凸显新诗探索的魅力。其中北京9当代舞团2012年新编舞蹈剧场《蛾》是首次展演。在18个单元之间，还穿插了4本新书的签名赠书的新书发布会。在华文青年诗人奖十年庆典上举行了"2012年华文青年诗人奖颁奖仪式"，郭晓琦、丁立、杨方获得此奖。开幕式上，诗人牛汉先生的九十华诞祝寿仪式将活动推向了高潮，90支红蜡烛，少年儿童献花，谢冕先生祝词，全体参会诗人合影，汇聚了对诗人的美好祝福。谢冕先生的祝词讲："敬爱的牛汉先生，我们今天能以这样的方式向你致敬，我们感到快乐和幸福。我们都读过你的诗。你的那些苍劲雄健的诗篇，丰富并且净化了我们的心灵。它教我们爱，也教我们恨，教我们如何面对人生和命运。作为你的忠实读者，我们感谢你。""你是中国诗歌的一棵大树。在艰难的年代，有的树被砍伐，倒下了。而你却是枝叶茂盛，四季常青。因为你总是站在高

"打开窗户——新诗探索四十年"系列活动开幕式

处，因此雷电也总是盯上你。你曾被雷击，身上伤痕累累。但你依然挺立，不俯首，不弯腰，而且依然坚持站在高处，站在那可以看见云彩的山岗上。""你一身正气，铮铮铁骨，憎爱分明，无所畏惧。你那发自内心的强大的声音，坚定、勇敢，它始终激励着我们反抗暴虐，坚持正义。在不缺乏华丽甜美的今天，你的那些粗粝、而充满活力的钢铁的声音，代表了中国的良知。它是当今中国的最强音。""敬爱的牛汉先生，因为你给了我们这一切，我们感谢你，请你接受我们真诚的敬意和祝福！"

谢冕致辞后与牛汉拥抱

全体诗人与牛汉合影

2012 年 12 月 21—23 日《诗探索》编辑部与深圳市委宣传部、市文联、深圳报业集团等联合主办的"第二届深圳诗歌节暨 2012 中国诗歌年会"在深圳举行，杜涯、施茂盛、杨景荣、郁郁、包临轩 5 位诗人当选"2012 诗探索·中国年度诗人"，王永祥、马绍玺、王晓渔、贺芒、刘洋 5 位博士分别撰写了论文。谢冕、孙绍振、吴思敬、白烨、舒婷、叶文福、林莽、吕贵

2012 年华文青年诗人奖颁奖仪式

"第二届深圳诗歌节暨 2012 中国诗歌年会开幕式"海报

《2012 诗探索·中国年度诗人》

品、刘福春、梁小斌、苏历铭、商震、谢克强、庞俭克等近百位诗人、评论家和本次获得年度诗人称号的部分诗人和 5 位撰写诗人论文的博士出席了活动。

2012 年 12 月　林莽、蓝野选编的《三十位诗人的十年：华文青年诗人奖和一个时代的抒情》由漓江出版社出版，选收了十届获得华文青年诗人奖的 30 位诗人的文与诗。有林莽序《一个独特的青年诗人奖项的诞生与坚守》和蓝野后记《美好的相遇》。

2012 年 12 月　诗探索·中国年度诗人评审委员会与深圳市作家协会编的《2012 诗探索·中国年度诗人》由漓江出版社出版。收录了诗探索·中国年度诗人评审委员会评出的"2012 诗探索·中国年度诗人"杜涯、施茂盛、杨景荣、郁郁、包临轩 5 人诗作，诗前有王永祥、马绍玺、贺芒、王晓渔、刘洋评。有《编者的话》。

2013 年

2013 年 1 月 《诗探索》编辑委员会选编，林莽主编的《2012 中国年度诗歌》由漓江出版社出版，为"2012 中国年度作品系列"之一种。收有丁立《哥哥》、牛庆国《秋天的经历》、江一郎《想起一部前南斯拉夫影片》、霍俊明《交鸣》等诗。

2013 年 2 月 《诗探索中国新诗会所会刊》2012 年第 4—5 期刊出"打开窗户——新诗探索四十年活动专号"，刊出谢冕《窗子如花，开向春天》、林莽《新诗探索四十年》、吴玉垒《四十年与十年或在这三天里》、任怀强《"打开窗户——新诗探索四十年"庆典活动的几个关键词》等文。

2013 年 3 月 《诗探索·理论卷》2012 年第 4 辑出刊，《诗学研究》栏刊出陈仲义的诗论《现代诗语对白话诗语的超越——以"太阳"为证》；《80 后诗歌研究》栏刊出李成恩《80 后诗人狂欢的下场——一份田野考察报告》等文；《向明研究》栏刊出章亚昕《向明论：无常月，奈何天》等文；《中生代诗人研究》栏刊出刘波《拒绝背后的坚守与信念——李南论》等文；《姿态与尺度》栏刊出马绍玺《"我实在不能告诉你，她甜蜜的神秘"——施茂盛诗歌阅读之一种》等文。《编者的话》

《2012 中国年度诗歌》

《诗探索中国新诗会所会刊》向会员赠送的2013年新年卡片

说:"诗人论,历来是《诗探索》重点经营的栏目。本辑推出的向明、哈金、李南,以及施茂盛等五位'2012诗探索·中国年度诗人',应该说都是值得当下诗坛关注的人物。""向明是台湾的前行代诗人,与洛夫、余光中、罗门同龄,且都有1949年由大陆赴台的经历。向明在台湾现代诗坛起步很早,在台湾的诸种现代派诗如走马灯转换的时候,向明不为所惑,把定自我,执着于情感的抒发、意象的营建,致力于打造中国式的现代诗,并取得了突出的成就。在组织'向明研究'专栏的稿件时,我们征询向明先生意见,是请台湾诗评家来写,还是请大陆诗评家来写,向明来函表示'一直想听听大陆学者对我的诗的高见',于是我们约请了山东大学台湾诗歌研究专家章亚昕教授撰写了《向明论》,请山东师范大学的袁忠岳教授撰写了《向明诗二首赏析》,同时编发了向明的《吃水果的各种方法》,希望通过不同体制与文化环境下诗人与批评家的对话,能对向明诗歌做出较为客观而准确的评价。"

2013年3月 《诗探索·作品卷》2012年第4辑出刊,《2012诗探索年度

《诗探索》自会所成立均为自办发行,也得到了众多诗友的支持

驻校诗人宋晓杰在帮助包装刊物

诗人专辑》栏刊出《年度诗人杜涯》《年度诗人施茂盛》等;《诗坛峰会》栏刊出《诗人袁绍珊》和《大解自选新世纪以来短诗十首》《商震自选新世纪以来短诗十首》;《汉诗新作》栏刊出向明等《新诗四家》和谢颖等《短诗一束》;《第二届红高粱诗歌奖获奖诗人专辑》栏刊出雷霆、李林芳等获奖诗人的作品和《一组写乡土的诗——第二届红高粱诗歌奖优秀名单入围作品选登》;《探索与发现》栏刊出缪立士《一次童年经验的转化》等文。《编者的话》说:"'2012年诗探索·年度诗人评选'是本期《诗探索·作品卷》的第一个特辑。本辑中刊出了五名当选诗人杜涯、施茂盛、杨景荣、郁郁、包临轩《我,诗歌及往事》的重要文章,选发了每位诗人的三首诗歌作品。""另一个特辑是'第二届红高粱诗歌奖'获奖作者和入围作者和作品选登,以展示今年获奖者对新乡土诗的创作风采。""在'诗坛峰会'一栏中,选登了澳门诗人袁绍珊的'创作年表'和作品18首,还有诗人大解、商震的新世纪诗人自选诗歌十首。后两位诗人的刊出内容是与明年本刊与《诗刊》《扬子江》《花城》《作家》《诗选刊·下半月刊》及《文学报》六刊一报联合栏目相衔接的。"

  2013年3月 《诗探索》编辑部编印的《2012诗探索年度诗选》印行。

  2013年4月 《诗探索·理论卷》2013年第1辑出刊,《新诗文本细读》栏刊出刘士杰《以理性的眼光阅读 以艺术的心灵感受——关于细读新诗文本实践的体会》等文;《孙静轩研究》栏刊出林贤治《孙静轩后期诗歌片论》等文;《关于沈奇》栏刊出夏可君《第五季书写:如雪,如烟,如玉——品读沈奇〈天生丽质〉》等文;《姿态与尺度》栏刊出颜同林《新诗戏剧化与文体张力》等文;《新诗教育研究》栏刊出何郁的文章《一次"互文性"诗歌写作实践及思考》。《编者的话》说:"孙静轩是20世纪50年代成长起来的一位重要诗人。当年写下了一系列海洋题材的诗作,以'海洋抒情诗人'的称号跨入了当代诗坛。1958年被打成右派,70年代写出长诗《七十二天》,80年代写出回忆劳改生活的长诗《这里,没有女人》。粉碎'四人帮'后,他迎来了创作的春天,写出了《一个幽灵在中国徘徊》等有影响的作品,在青年诗人的创新遭到质疑时,他对年轻人表示了坚定的支持。直到生命的晚年还写出了大气磅礴的长诗《告别二十世纪》。2003年6月30日孙静轩因病逝世。到今年,他逝世已

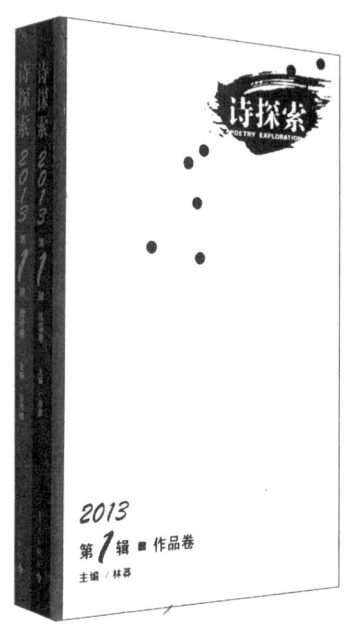

《诗探索》2013年第1辑

有10周年了。本刊特设《孙静轩研究》专栏，发表胡亮为他写的小型评传《孙静轩》，以及林贤治先生的《孙静轩后期诗歌片论》，作为对这位优秀诗人的纪念。""新诗教育是个系统工程，牵涉到新诗进教材、新诗进课堂，以及校园诗歌的创作、朗诵、传播等多方面的内容。新诗教育既关系到学生人文素养的提高，又关系到新诗合格的读者与作者的培养。因此，新诗教育不仅是教育部门的事，也是诗歌界的事，希望能得到广大教师、诗人与评论家的支持。目前，已有不少学校、不少教师探讨新诗教学问题取得了可喜的成绩。本辑我们刊发的何郁的《一次'互文性'诗歌写作实践及思考》，便是一次成功的诗歌教学实验。我们希望能有更多的老师和诗人关心诗歌教育，《诗探索》将会为新诗教育成功经验的传播提供版面。"

2013年4月 《诗探索·作品卷》2013年第1辑出刊，《诗坛峰会》栏刊出《诗人刘立杆》和《扶桑自选新世纪以来短诗十首》《江非自选新世纪以来短诗十首》；《华文青年诗人奖十年庆典特辑（上）》栏刊出《1—5届15位华文青年诗人奖作品选登》和《华文青年诗人奖获奖作者谈创作》；《汉诗新作》栏刊出张敏华、丁及等《新诗五家》和吴子林、方石英等《百名诗人同写赤壁作品选登》；《赏析与选读》栏刊出朵渔、汗漫等《2012年度优秀作品选登》和邱景华《写实意象·深层意象·原形意象——刘伟雄〈乌鸦，在电视塔上〉细读》等文与诗；《新诗图文志》栏刊出谢冕、林莽、徐伟《"打开窗户——新诗探索四十年"纪念文集序言三篇》和李轻松、路也等《"打开窗户——新诗探索四十年"活动散记六篇》。《编者的话》说："本期《诗探索·作品卷》共有五个大的栏目，十多个子栏目。""其中'新诗图文志'将2012年12月在北京798'玫瑰之名'艺术中心举办的'打开窗户——新诗探索四十年'的活动以图文形式进行了全面记录。这一活动得到了很高评价,有人讲,这不仅是一次诗歌活动,它是一次诗歌事件。是的,这个命名的提出,是对中国近代诗歌史阶段性的认知与概括。"" '华文青年诗人奖十年庆典特辑(上)'发表了15名获奖者的15首诗和6位获奖者谈创作的文章,他们的作品和文章都有很好的阅读和研究的价值。"" '诗坛峰会'中的诗人刘立杆的作品,以独立精神和别具特色的风格呈现给大家,他多年潜心写作的心态和作品的独特质地一定会给我们留下深刻的记忆。同一栏目中的'凝视与聚焦·六刊一报新世纪诗歌作品联展'是第一次发出,今年每期还有两位诗人的作品和大家见面。本期发出的是诗人江非和扶桑的诗歌和新世纪以来的创作简介。同时也请大家关注其他几家报刊的联合行动。"

2013年7月10日 由首都师范大学中国诗歌研究中心主办的"首都师范大学驻校诗人宋晓杰诗歌创作研讨会"在北京紫玉饭店举行。研讨会对作为"2011年度诗探索·华文青年诗人奖"获奖者入驻首都师范大学的驻校诗人宋晓杰的诗歌创作进行了探讨。吴思敬、赵敏俐、商震、刘民、刘福春、孙晓娅、谭旭东、张立群、王家新、侯马、洪烛、谷禾、蓝野、李木马、大卫、李南、唐力、潇潇等学者、评论家、诗人,《文艺报》《中华读书报》《中国青年报》《中国艺术报》等媒体,以及首都师范大学中国诗歌研究中心部分硕士研究生共50余人参加了此次研讨会。会议由首都师范大学中国诗歌研究中心专职研

首都师范大学驻校诗人宋晓杰诗歌创作研讨会

究员孙晓娅副教授主持。驻校诗人制度发起人林莽从国外传来了发言。

  2013 年 8 月 《诗探索·理论卷》2013 年第 2 辑出刊,《外国诗论译丛》栏刊出吴永安译的《中国诗歌与美国想象》;《诗学研究》栏刊出杨勇《中国后现代主义诗歌的底线》等文;《纪念雷抒雁》栏刊出阎纲《"失去"的抒雁》等文;《中生代诗人研究》栏刊出谢冕《田禾的村庄》等文;《结识一位诗人》栏刊出王东东《世纪的脊骨,或恋爱中的哈姆雷特——读扶桑〈1999 年〉》等文;《姿态与尺度》栏刊出芦苇岸《在诗歌的高声部深情眺望广阔的世界——评李轻松诗歌》等文。《编者的话》说:"在美国佛罗里达大学教书的吴永安教授,通过赵毅衡先生向本刊提供了一份有关中美诗歌交流的重要文献,即 1977 年 4 月由美国诗人协会在纽约召开的以'中国诗歌和美国想象'为主题的会议纪要。与会的除去叶维廉、钟玲两位华裔学者外,均是当时顶级的美国诗人和汉学家。会议总结了中国诗歌通过英文翻译、创造性地改写、有意识地模仿等方式对美国现当代诗歌产生的深刻影响。赵毅衡先生称这份文献'是中国诗歌国际影响的最重要的文件'。吴永安教授应我们要求把这份文献译为中文,现在本刊发表。文章虽长一些,认真读下来,相信会对中国诗人和学者从比较诗学的视野认识中国诗歌传统、发现中国诗歌特征有所助益。""湖北诗人田禾多年来致力于乡土诗写作,他的诗扎根农村,从里到外透出乡野的气息,谢冕先生称其为'广袤的中国田野上的一棵稻禾'。本辑在'中生代诗人研究'专栏中发表了谢冕、程光炜、张清华三位评论家的文章,从不同角度论述了田禾乡土诗写作的意义,指出其带着泥土的、和着血肉情感的写作,为当下乡土诗写作展示了古老而常新的可能性。在'结识一位诗人'栏中,本辑推出了 70 后诗人扶桑。扶桑与 60 年代出生的田禾,从年龄段来说,不过相差一代,但细味他们的文本,确有明显的不同。田禾的诗不仅有浓郁的乡土气息,更有生命的搏击、血脉的偾张。扶桑的诗则像是一片宁静大地上盛开的野花,无拘无束,茂盛从容。从阅读和评论的角度说,田禾的诗易于把握;而扶桑的诗,却使评论家产生了困惑,如同霍俊明所说:'在越来越多的同代批评家那里,也包括我自己,感受到了从未有过的阅读和批评的焦虑。在一个阅读和写作无限膨胀的年代,也许只有碎片般的观感能够存在片刻!'本栏所发表的霍俊明、王东东、冯雷的文章，从不同的视角写出了对扶桑诗歌的观察，分开看是碎片，合起来也许在一定程度上可以呈现这位70后诗人的面貌。"

2013年8月　《诗探索·作品卷》2013年第2辑出刊，《诗坛峰会》栏刊出《诗人罗任玲》和《潘维自选新世纪以来短诗十首》《路也自选新世纪以来短诗十首》；《华文青年诗人奖十年庆典特辑（二）》栏刊出《30位华文青年诗人奖作品选登（6—10届）》和《华文青年诗人奖获奖作者谈创作》；《汉诗新作》栏刊出筱子、流泉等《新诗四家》；《探索与发现》栏刊出《田禾诗歌24首》等诗文和袁涛的诗《月之魅惑》；《赏析与选读》栏刊出林染、林雪等《名家新作选读·2012年度优秀作品选登（二）》；《诗人娜夜特辑》栏刊出沈奇《这里的风不是那里的风——娜夜诗歌散论》等文。《编者的话》说："从本世纪初设立的'华文青年诗人奖'一晃已经十年了，有三十位诗人以自己的诗歌成绩荣获了这一奖项。这三十位诗人都是中国新诗现场的生力军，他们不断地创作出优秀的诗歌作品，并保持着这份光荣。本辑刊出的'华文青年诗人奖'十年庆典特辑（二）是第六届到第十届获奖者的诗歌和文章，他们各有特色，独享着自己的艺术风格。""'诗坛峰会'一栏中，除今年六刊一报推出的潘维、路也外，还重点刊发了台湾诗人罗任玲的诗歌。台北教育大学台文所所长诗人向阳说：'罗任玲的诗善于以小喻大，从生活中撷取题材，却不为现实所囿，而能突出重围，展现冷凝的诗思，开拓宽广格局。在微观之中，即使吉光片羽，也有浩瀚无穷的力量。'她是台湾中坚代表诗人之一。本辑发表了她的作品20首，还有两篇评论文章，为我们认识一位优秀的台湾诗人提供了基本的资料。潘维和路也是大家熟悉的诗人，他们各具特色的诗风值得我们学习和研究。""'探索与发现'一栏中发表了两位诗人的作品，诗人田禾也是一位'华文青年诗人奖'的获得者，他在诗歌之路上刻苦努力，坚持多年的读书与学习，令他取得了今天的成绩。本辑的短文和诗歌，让我们再次看到了一个质朴而真挚的诗人。诗人袁涛的作品，读来有独辟蹊径的感受，但其中深刻的社会现实与诗性的认知有特别的意义。他几次修改其稿，体现了一个诗人对艺术的虔诚与敬重。"

2013年8月　《诗探索中国新诗会所会刊》2013年第1期刊出"纪弦先生

纪念专号",刊有纪弦先生照片、纪弦著作书影、纪弦诗选和吴心海等怀念诗人纪弦的文章,有编者按《怀念诗人纪弦》。

2013年9月10日,林莽、刘红、徐丽松拜访谢冕先生,此日正值教师节,林莽向谢老师献上鲜花,并祝节日快乐。

2013年9月12日,林莽、刘福春、徐丽松与本届首师大驻校诗人杨方拜访牛汉先生,年近92岁的牛汉先生非常高兴地与大家进行了交谈。

2013年9月24日 由首都师范大学中国诗歌研究中心主办的"首都师范大学驻校诗人入校仪式"在北京举行,"2012年度诗探索·华文青年诗人奖"获奖者杨方作为驻校诗人入驻首都师范大学。会议由首都师范大学中国诗歌研究中心孙晓雅教授主持。诗人、诗评家吴思敬、叶延滨、刘士杰、林莽、刘福春、商震、庞俭克、蓝野、安琪、冯连才、艾斐儿、贾爱军、霍俊明、连敏、王士强等出席并发言。往届驻校诗人江非、宋晓杰以及各届华文青年诗人奖的获得者熊炎、林莉、郭晓琦等出席了会议。首都师范大学诗歌中心的博士和硕士研究生们朗诵了诗人杨方的诗歌,并送鲜花欢迎其入校。

2013年9月27日 《诗探索》编辑部和中国艺术研究院、山东省文化厅、潍坊市人民政府、高密市人民政府联合主办的第三届"红高粱诗歌奖"颁奖典礼在山东高密举行。诗人黑枣、小西获"红高粱诗歌奖",陈仓、辰水获"红高粱诗集奖",程川、王冬获"红高粱校园诗人奖"。《诗探索·作品卷》主编林莽、《诗刊》常务副主编商震与高密市领导为获奖者颁奖。

首都师范大学驻校诗人入校仪式

2013年9月29日 诗探索中国新诗会所顾问、诗人牛汉在北京逝世。《诗探索》博客是日消息:"诗探索中国新诗会所顾问、著名诗人牛汉先生今晨7时30分在京逝世,享年91岁。诗探索中国新诗会所全体表示沉痛哀悼!"牛汉,原名史成汉,又名牛汀。蒙古族。1922年10月23日(农历九月十四)生于山西省定襄县西关。曾就读于西北大学。1944年11月参加革命工作,1950年参加中国人民志愿军。1953年转业至人民文学出版社,历任现代文学编辑

《2013华文青年诗人奖获奖作品》

室主任、《新文学史料》杂志主编,1988年1月离休。1940年开始发表作品,著有诗集、散文集、文论集20余种。1983年诗集《温泉》获中国作协全国新诗集奖;2003年获马其顿共和国"文学节杖"奖;2011年获第三届中坤国际诗歌奖。

2013年10月 《诗探索》编辑部编的《2013华文青年诗人奖获奖作品》由漓江出版社出版。作品分为《获奖诗人诗选》《入围青年诗人诗选》两部分,《获奖诗人诗选》收有刘年《写给儿子刘云帆》、谈雅丽《斑斓之虎》、慕白《自画像》等诗,有评委评语。

2013年11月5日 《诗探索》编辑部主办的"2013年度华文青年诗人奖暨第三届'钢铃山杯'全国诗歌大赛"颁奖典礼在浙江文成举行,诗人刘年、谈雅丽、慕白获奖。吴思敬、林莽、谢克强、梁平、商震、刘福春、龚学敏、苏历铭、赵思运、蓝野等诗人、诗评家出席了颁奖仪式。

"2013年度华文青年诗人奖暨第三届'钢铃山杯'全国诗歌大赛"颁奖典礼

2013年11月 《诗探索·理论卷》2013年第3辑出刊,《诗学研究》栏刊出叶维廉译《寻找确切的诗:现代主义的Lyric、瞬间美学与我》等文;《纪念梁秉钧》栏刊出王光明《梁秉钧和他的诗》等文;《关于哑默》栏刊出苏文健《在茫茫黑夜中闪烁的生命灵光——哑默"文革"时期的地下诗歌创作及其精神内蕴》等文;《宋晓杰诗歌创作研讨会论文选辑》栏刊出林莽《雪在春风中渐渐融化——谈宋晓杰诗集〈忽然之间〉随感》等文;《中生代诗人研究》栏刊出颜翔林《独白与对话——读安琪的诗》等文;《结识一位诗人》栏刊出龚奎林《低与慢的人生叙事和卑微中不屈的精灵——林典刨诗歌论》等文。《编者的话》说:"香港诗人梁秉钧(笔名也斯),是学者型诗人,曾任教于香港大学英文及比较文学系、香港岭南大学中文系,著有诗集《雷声与蝉鸣》《游离的诗》《博物馆》《衣想》《半途——梁秉钧诗选》《浮藻:诗》等。新世纪初,曾来首都师范大学中国诗歌研究中心客座研究。2013年1月6日梁秉钧先生因病逝世,对香港诗坛及整个中国诗坛来说,都是重要损失。为此本刊在'纪念梁秉钧'专栏中,刊发了王光明《梁秉钧和他的诗》和赖彧煌关于梁秉钧诗歌的赏析,以表达我们对梁秉钧先生的深情怀念。""作为诗歌界'潜在写作'的一位代表性诗人,贵州诗人哑默从20世纪70年代末,就参加了当时的诗歌启蒙运动,他与贵州青年诗人一起组织了'野鸭沙龙',并以油印本的形式出版过多种诗集。然而哑默与贵州诗人群的诗歌创作长期以来被忽视,为此本刊特辟'关于哑默'的专栏,发表了苏文健的《在茫茫黑夜中闪烁的生命灵光——哑默"文革"时期的地下诗歌创作及其精神内蕴》,以及哑默的《问道》一文,希望能引起诗坛有识之士的关怀与重视。"

2013年11月 《诗探索·作品卷》2013年第3辑出刊,《诗坛峰会》栏刊出《诗人沈浩波》和《叶丽隽自选新世纪以来短诗十首》《郑小琼自选新世纪以来短诗十首》;《汉诗新作》栏刊出吴素贞、卢建平等《新诗六家》;《探索与发现》栏刊出蓝紫、刘小雨等《青年诗人创作谈:中国古典诗词与现代汉语诗歌》;《驻校诗人宋晓杰特辑》栏刊出商震《忽开忽合的境遇》等文和《宋晓杰诗三十三首》。《编者的话》说:"本期中沈浩波和一组'青年诗人创作谈'的文章,希望得到大家更多关注,沈浩波文中谈到的中国现代诗歌写作群体中的

'四种虚荣心'，尖锐地指出了现代诗歌写作者中潜在的'病症'。正是这些，破坏了中国现代诗的声誉与形象，影响着中国诗歌的前进与发展。沈浩波的文章不是一种简单的指责，他结合自己的切身感受与诗人事例，更具有论述的说服力，他的文章应该引起每一位新诗写作者的反思。沈浩波作为一个新世纪涌现出来的诗人，一直处于争议的焦点上，有许多人对他并不了解。我们将他的文章和20首诗，推荐给认真的读者，我们相信，大家会看到一个对诗歌有着自己追求的优秀诗人。""另外一组青年诗人谈创作的文章，是围绕中国古典诗词和现代诗歌的关系谈自己的体会。这个问题是每一位诗歌写作者必须面对的，如果没有对这一主题的思考和研究，就很难成为一个优秀的中国汉语诗人。这组文章不是高谈阔论，但有一定的启示作用。""本期的'诗坛峰会'推出的除沈浩波，还有两位新世纪十年成绩突出的女诗人——叶丽隽和郑小琼。她们的创作实绩和精选的十年中的十首诗，为我们展现了她们的诗歌写作成绩。"

2013年11月 《诗探索中国新诗会所会刊》2013年第2期出刊，刊出《2013年度诗探索·华文青年诗人奖揭晓》《第三届中国红高粱诗歌奖 校园诗人奖 诗集奖揭晓》等消息和《诗探索·中国新诗会所临沂联络站诗文小辑》。

2013年12月 《诗探索中国新诗会所会刊》2013年第3期出刊，刊有《2013年诗探索中国新诗会所工作总结》《诗人洛夫：写诗要讲意义，漂亮的句子不等于好诗》《西川访谈：诗歌描述的准确性应该让时代吃惊》等文和《陈毅中学师生诗歌作品》。

2013年12月 《诗探索中国新诗会所会刊》2013年第4期出刊，刊出《韩东与野夫为诗歌"杠上了"》《蔡炎培"吐槽"徐志摩：一生只写得一首半好诗》等文和《关于顾城的回顾与反思》《诗探索中国新诗会所营口联络站会员作品小辑》等。

2014 年

2014年1月 《诗探索》编辑委员会选编,林莽主编的《2013中国年度诗歌》由漓江出版社出版,为"2013中国年度作品系列"之一种。收有丁及《时间的缝隙》、侯马《春节在江南梦到诗友》、魏维伟《鸽子》等诗。

2014年2月 《诗探索·理论卷》2013年第4辑出刊,《诗学研究》栏刊出钟文的诗论《非逻辑的逻辑——诗意与语言游戏》;《中生代研究》栏刊出王学东《当代诗学"命名"的操作、意义及反思——以"中生代"为例》等文;《散文诗研究》栏刊出灵焚《散文诗身份尴尬的现状与成因》等文;《关于戈麦》栏刊出颜炼军《痛苦的血肉与黄金的歌唱——戈麦诗歌论》等文;《姿态与尺度》栏刊出刘忠《灵魂的云游:龙彼德与他的诗歌》等文。《编者的话》说:"新时期的'归来的诗人',指的是上世纪50年代以来,因'胡风反革命集团'案件被打成'反革命分子'或在'反右派'运动中被打成'右派分子',在二十余年中被剥夺了写作的权利直到新时期才获得平反重新回到诗坛的诗人。新世纪的诗坛则有另一批'归来的诗人',是指在80年代崭露头角的青年诗人,在90年代'下海',尽管历经商海的浮沉与打拼,但他们对诗歌的

《2013中国年度诗歌》

情感终究难于割舍,到新世纪又回到了诗坛。比照后来的这些'归来的诗人',我们可以说钟文先生是一位'归来的评论家'。钟文在上世纪70年代末80年代初,是力挺朦胧诗的诗歌评论家之一,他的那些有锋芒的诗歌评论文章曾辑成《诗美艺术》一书,1984年由四川人民出版社出版。90年代后,钟文出国、下海,他的事业经营得有声有色,但他并没有忘怀诗,他在百忙的商旅生涯中读了许多书,写下了许多读书笔记。最近他根据自己对诗歌的长期思考,写出了一组有关诗歌语言学的文章,本刊选发的《非逻辑的逻辑——诗意与语言游戏》便是其中一篇,从中可见出评论家的学识与眼光,堪称宝刀不老。"

2014年2月 《诗探索·作品卷》2013年第4辑出刊,《诗坛峰会》栏刊出《毛子短诗29首》和《伊路自选新世纪以来短诗十首》《丁及自选新世纪以来短诗十首》;《汉诗新作》栏刊出邓朝晖、小布头等《新诗六家》和张文睿、王永祥等《短诗一束》;《探索与发现》栏刊出北野《我对"叙述性诗歌"的简单认知——在"21世纪中国现代诗第七届研讨会"上的发言》等文与诗;《诗人子川特辑》栏刊出子川的组诗《杂念丛生》和叶橹《子川论》等文。《编者的话》说:"在'诗坛峰会'一栏中,我们重点推出了诗人毛子的短诗29首。这位生于湖北,经历了多年的游历和潜心写作之后,在近年展现于诗坛,他将生命的体验与文化的经验融合在诗中,在简明的句式中,蕴含着朴素的真理和令人反省的人生思考。本栏中'六刊一报新世纪诗歌作品联展'推出的诗人伊路和丁及也是写作多年的优秀诗人,他们的诗歌作品值得一读。""'汉诗新作'栏中刊出了十几位诗人的新作,每个诗人都独具特色。湖南的诗人邓朝晖的《五水图》(组诗)有沅水的神秘。从她的诗中,我们会想到:一个诗人是可以穿越时空,潜入幻境的,进入她的诗歌,我们会渐渐地融入另一个幻象的世界。《身体里的人》(组诗)的作者小布头,也有着属于自己的语言的世界,语言的幻想和生活的体验,让她的诗歌充满了独有的魅力。""'探索与发现'栏中,诗人北野的文章,谈了他对'叙述性诗歌'的认识,他在表明自己立场的基础上分析了对这一类作品的认知。诗人安遇的《诗经马桑溪》(《少年干净》选章)和创作体验,是一组学习古人表达现在人的经历的作品,有特色,有思考。诗人向天笑纪念父亲的诗歌充满了深情。苗雨时先生的评点

《诗探索》博客2014年3月12日消息:《诗探索·理论卷》2013年第4辑因各种原因刚刚出刊。为会员朋友早日读到刊物,经过两天的努力,今天上午发到邮局,请会员朋友注意查收。每次发刊都得到朋友们的大力支持,这次发刊首都师大驻校诗人杨方、中国社会科学院研究生院的研究生贺嘉钰每天赶来帮忙,昨天来访的日本研究中国新诗的专家岛由子也参与装封,使得发行工作提前完成。在此,《诗探索》编辑委员会向这些朋友表示感谢。

简洁,恰到好处。另一组文与诗,是吕家乡先生评论诗人段升群的一组诗歌,它们都是针对中学课本中的诗文写成的诗歌作品。""诗人子川的特辑,通过诗歌、评论和对话,较为全面地介绍了一个诗人的创作思考、心路历程和总体评价。"

  2014年3月 《诗探索·理论卷》2014年第1辑出刊,《诗歌语言研究》栏刊出王泽龙《现代汉语虚词与现代汉语诗歌》等文;《诗歌传播研究》栏刊出从容的文章《我与诗歌的跨界传播实验与探索》;《杜运燮研究》栏刊出许文荣《论杜运燮诗文创作中的双重经验》等文;《中生代诗人研究》栏刊出赵飞《"红色"背景上的"白色"表达——柏桦论》等文;《姿态与尺度》栏刊出余文翰《作为语言的诗——臧棣"丛书诗"的艺术历险论》等文。《编者的话》说:"在《荷尔德林与诗的本质》一文中,海德格尔写道:'诗的活动领域是语言。因此,诗的本质必须经由语言的本质去理解。'海德格尔这一论断道出了只有从语言出发才能把握住诗的本质的道理。自五四'新诗革命'以来,诗歌与语言

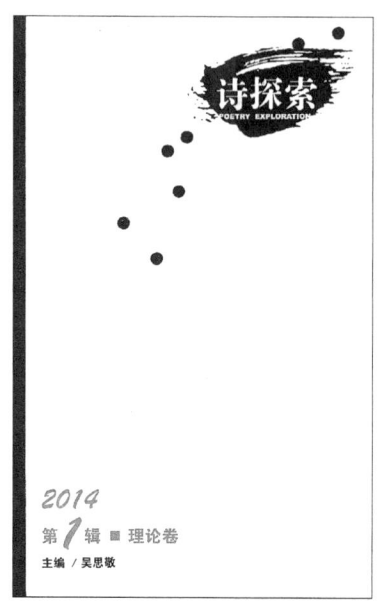

《诗探索·理论卷》2014 年第 1 辑

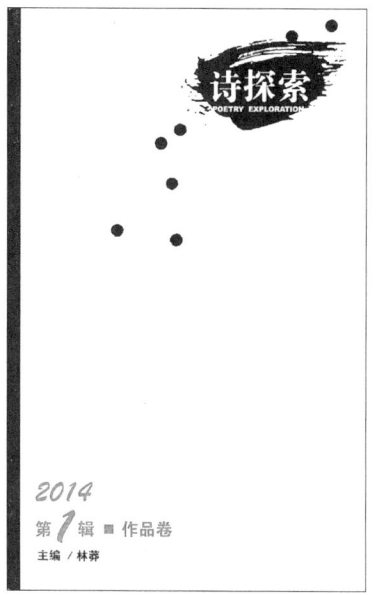

《诗探索·作品卷》2014 年第 1 辑

一直是诗歌理论界争论不休的话题，而在新世纪的网络语境中，旧问题又迎来了新挑战。为了从理论和实践两方面进一步探讨诗与语言的关系，2013 年 11 月 22 日至 25 日首都师范大学中国诗歌研究中心、首都师范大学文学院、北京大学中国新诗研究所在北京召开'中国现代诗歌语言与形式学术研讨会'，着重探讨了现代汉语与现代诗歌形式的关系、现代诗歌语言的中西关联、新诗的自由与秩序、现当代诗歌的形式实验、'网络诗歌'的语言与形式等问题。现从会议收到的论文中选发王泽龙的《现代汉语虚词与现代汉语诗歌》，王昌忠的《论新诗写作的语类运用和语象采集特色》，王巨川、张盛男的《色彩·形态·生命——简论'历史物象诗'文本的语言特征》，以飨读者。"

2014 年 3 月　《诗探索·作品卷》2014 年第 1 辑出刊，《诗坛峰会》栏刊出《谢山晓诗三十首》和北野、陈默、陈超等《中国新诗佳作推荐之一》；《汉诗新作》栏刊出谢直云、邢海珍等《新诗九家》和冯连才、李双妹等《短诗一束》；《探索与发现》栏刊出王单单《现代诗需要一次回望传统的招魂》等文；《赏析与选读》栏刊出《2013 年"诗探索·华文青年诗人奖"获奖及入围诗人作品选》《2013 年诗探索澄迈诗歌奖获奖诗人作品选》等。《编者的话》说：

"2014年的第1辑作品卷共设了四个大的栏目，其中'诗坛峰会'选发了诗人谢山晓的作品30首。谢山晓是一位沉潜的诗歌写作者，很少发表作品，偶有与诗坛的接触和与他人的交流。但她的作品成熟、练达，独具魅力，是值得研读的好作品。在同一栏目的'主编推荐'子栏目中，刊发了活跃在当前诗坛的20位诗人的20首短诗。这些作品无论从语言，结构，整体意识与写作方法等几个重要方面进行考量，都是经得起分析的好作品。它们还体现了近十几年来当前中国诗坛具备的多种写作方式。我们相信，这里推荐的有些作品一定会进入中国新诗的经典行列中。今年，我们每期都将推出同样优秀的诗歌作品20首，希望大家关注并举荐你读到的好作品。""'青年诗人谈诗'栏目中，刊发了六位青年诗人谈诗的文章，他们围绕中国旧体诗歌和当前诗歌写作的关系，谈了自己的体会与认知。六位四十岁以下的年轻诗人，他们对深厚的中国本土文化经验的学习与继承，标明着一种方向，作为诗人不断地从中国文化、西方文化、世界古典与现代文化中汲取营养，只有如此才有可能成为一名优秀的诗人。"

2014年3月　《诗探索中国新诗会所会刊》2014年第1期出刊，刊出《翟永明：诗歌永远不可能赚钱》《阿多尼斯：没有诗，就没有未来》《诗人于坚的访谈二则》和《荣成会员作品展示》等。

2014年6月　《诗探索·理论卷》2014年第2辑出刊，《诗学研究》栏刊出叶橹《现实的　虚拟的　梦幻的——说诗境》等文；《纪念鲁藜百年诞辰》栏刊出王玉树《鲁藜诗歌的土地情怀和平民素质》等文；《关于海子》栏刊出熊继宁《海子与系统法学》等文；《中生代诗人研究》栏刊出张德明《新世纪女性诗歌的独异书写——从容诗歌论》等文；《结识一位诗人》栏刊出杨光祖《离离：平实的诗句说出很深的痛》等文。《编者的话》说："今年是诗人海子殉难25周年，本刊特辟'关于海子'的专栏，以为纪念。海子从北京大学毕业到去世的五年，一直在中国政法大学生活、工作并进行诗歌创作，度过了他人生最重要的阶段。但这些年来的海子研究中，涉及这阶段情况的文章甚少。为此我们特约请海子生前同事、中国政法大学熊继宁教授撰写了《海子与系统法学》一文。此文提供了海子在中国政法大学的专业背景、工作环境、生活状况，包括为校报所写的通讯、诗歌等，资料丰富，对于解读海子的诗作以及自杀行为，有重要参考价值。查锐是海子的侄子，他所提供的文章，站在家属的角度，强调海子是个常人，解构了关于海子的神话。荷兰莱顿大学柯雷教授的《死亡传记和诗歌声音：海子》（聂菁译），是欧洲汉学家研究海子的一篇力作。其把握资料的详尽，比国内学者毫不逊色；当然更重要的是作者站在异域文化的角度，在对海子之死的考察与海子诗歌作品的解析中显示的有别于大陆学人的独特看法。"

2014年6月　《诗探索·作品卷》2014年第2辑出刊，《诗坛峰会》栏刊出《诗人冰释之》《诗人王妃》《中国新诗佳作推荐之二》；《探索与发现》栏刊出邱景华《现代派与浪漫派的一次"握手"——穆旦〈秋〉细读》等文与诗；《赏析与选读》栏刊出于坚、牛庆国等《2013年中国年度诗歌作品选读（一）》和黑枣、小西等《2013年红高粱奖获奖及入围诗人作品选》；《新诗集视点》栏刊出非亚《诗集〈祝爸爸平安〉序及作品10首》等文与诗。《编者的话》说："我们要看到中国新诗近些年的变化，自新世纪以来，尤其是近几年，整体的诗歌形态已大大有别于上世纪90年代末。作为中国新诗的研究刊物《诗探索》看到了这种悄然的变化，我们也在有意地进行着关注与促进。""本期刊物仍保持原有的各个基础栏目，刊出了诗人冰释之、王妃、伊甸等的作品。在主编推荐中有20位诗人的20首优秀作品呈现给大家。"《赏析与选读》一栏中，有我们和漓江出版社合作出版的年度诗歌中的佳作22首，还有我们和高密合作的'红高粱诗歌奖'的八位获奖和入围作者的一些作品。这里体现了我们所做的一些具体工作，通过它们，体现我们对中国新诗的认知与倡导方向。""《新诗集视点》一栏中，我们刊出了四本书的作品与评述，各有不同的侧重点。请读者通过阅读体会其中的不同。""我们在本刊中推出一批诗作，是提倡大家认真读文本，从具体的诗歌认知诗人，而不从他的宣言或什么主义或是名声等等认识诗人。"

2014年6月　《诗探索中国新诗会所会刊》2014年第2期出刊，刊出《第四届中国"红高粱诗歌奖"征稿启事》《波兰诗人扎加耶夫斯基访谈二篇》《普拉斯：用诗歌与死亡接吻的女诗人》《台湾诗人大陆行：郑愁予、管管、席慕蓉》等。

2014年7月6日　由首都师范大学中国诗歌研究中心主办的"首都师范大学驻校诗人杨方诗歌创作研讨会"在北京紫玉饭店举行。研讨会对作为"2012年度诗探索·华文青年诗人奖"获奖者入驻首都师范大学的驻校诗人杨方的诗歌创作进行了探讨。吴思敬、赵敏俐、刘福春、章锦水、庞俭克、李怡、灵焚、张立群、陈兴兵、李轻松、霍俊明、慕白等学者、评论家、诗人,《文艺报》《中华读书报》《中国青年报》《中国艺术报》等媒体,以及北京师范大学、首都师范大学部分研究生共50余人参加了研讨会。会议由首都师范大学中国诗歌研究中心副主任吴思敬教授主持。

首都师范大学驻校诗人杨方诗歌创作研讨会

2014年8月　《诗探索》微信公众号推出,内容有"新诗佳作""诗人书画""优秀译诗""经典重读""新诗历史照片""诗歌要闻公告"等。

2014年9月18日　由首都师范大学中国诗歌研究中心和诗探索杂志社联合主办的"2014年首都师范大学驻校诗人入校仪式"在北京举行,"2013年度诗探索·华文青年诗人奖"获奖者慕白作为该校第11位驻校诗人入驻首都师

2014年首都师范大学驻校诗人入校仪式

第11位驻校诗人慕白发言

范大学。在为期一年的驻校时间里,慕白将跟随导师学习研究诗歌,并为学生们举办讲座。吴思敬、商震、林莽、刘福春、陆健、孙晓娅、王益军等出席并发言。

2014年10月18日 《诗探索》编辑部与高密市人民政府联合主办的"第四届中国红高粱诗歌奖颁奖典礼暨诗歌朗诵会"在山东高密举行。田暖、东篱、高鹏程、刘年、扎西才让5位青年诗人获得"第四届中国红高粱诗歌奖"。

2014年11月24日 《诗探索》编辑部主办的"2014年度诗探索·华文青年诗人奖颁奖仪式"在浙江文成举行，青年诗人冯娜、陈亮、离离获得"2014年度诗探索·华文青年诗人奖"。颁奖仪式结束后，来自全国各地的学者、诗人、评论家分别对获奖诗人的作品进行了点评，并就新时期的诗歌创作展开研讨。赵敏俐、吴思敬、林莽、张洪波、庞俭克、孙晓娅、孙良好、蓝野、崔勇、慕白等出席。

2014年度"诗探索·华文青年诗人奖"颁奖仪式

2014年11月29日 "首都师范大学驻校诗人十年回顾研讨会"在北京金龙潭大饭店召开，来自中国及韩国的学者以及首都师范大学11位驻校诗人江非、路也、李小洛、李轻松、邰筐、阿毛、王夫刚、徐俊国、宋晓杰、杨方、慕白参加了此次研讨会。会议由首都师范大学中国诗歌研究中心副主任吴思敬教授主持。林莽、孙晓娅、刘福春、刘士杰、王光明、罗振亚、庞俭克、毕光明、[韩国]金龙云、[韩国]金慈恩、王珂、王士强、连敏、霍俊明、崔勇、

首都师范大学驻校诗人十年回顾研讨会

龙扬志、冯雷、林喜杰、张立群、灵焚、王永、安琪等学者、诗人就国内外驻校诗人制度的比较研究，首都师范大学驻校诗人制度的意义、特色、成绩、不足以及对驻校诗人制度未来的展望与建议等议题展开讨论，11位驻校诗人也就此发表感言。

2014年11月 《诗探索·理论卷》2014年第3辑出刊，《诗学研究》栏刊出钟文的文章《比爱更爱的爱——爱情的后现代性，兼谈诗对爱情的表现》；《纪念韩作荣》栏刊出商震《于虚无中对抗，在沉默里燃烧——关于韩作荣诗歌》等文；《侯马诗歌创作研讨会论文选辑》栏刊出沈浩波《弯腰捡起一块冰——侯马诗歌分析》等文；《结识一位诗人》栏刊出霍俊明《诗歌"青春期"的生成性与困惑——关于谢小青的诗》等文；《台湾诗歌研究》栏刊出胡亮《"且去填词"：读〈纪弦回忆录〉》等文。《编者的话》说："2013年11月12日，诗人韩作荣悄然走了，把太多的痛楚与惋惜、太多的怀想与思念留给了我们。作为一位诗人，韩作荣诗歌创作的成就是有口皆碑的。他不断求新求变，在传统与现代之间寻找到一个自然的融汇点，形成了独特的创作风貌。韩作荣不仅诗歌写得好，更是一位有爱心、有正义感、有责任心的诗坛义工，为了诗而默默地坚守着。在韩作荣逝世一周年之际，我们特地发表商震的《于虚无中对抗,在沉默里燃烧——关于韩作荣诗歌》和罗振亚、李洁的《'在路上'的生命探询——韩作荣诗歌论》,以作为对诗人韩作荣深切的怀念。""侯马是当下有影响的一位中生代诗人,他从20世纪80年代末开始诗歌创作,进入新世纪以来,陆续写出《他手记》《进藏手记》《梦手记》《访欧手记》等七部长诗,以及短诗集《大地的脚踝》等,侯马既深受西方现代诗学思想的熏陶,同时对中国的文化传统有深厚的感情,他的诗把口语写作与对自然、社会和人的哲学思考结合起来,在当下诗坛别具一格。此外,侯马既是一位重要的公安战线的干部,又是一位出色的先锋诗人,这二者是如何统一到一个人身上的,他的特殊身份又给他的创作带来了什么样的影响,也是值得研讨的话题。2014年5月25日,由中国当代文学研究会、首都师范大学中国诗歌研究中心联合举办的'生命之光——侯马诗歌创作研讨会'在北京船山书院召开。50余位诗人、评论家及媒体界人士出席了会议,围绕侯马的诗歌创作及其相关话题,进行了深入的研讨。现从收到的论文中选出沈浩波、吴子林、施战军、邱华栋、唐欣的文章,以飨读者。"

2014年11月 《诗探索·作品卷》2014年第3辑出刊,《诗坛峰会》栏刊出《诗人胡杨》《诗人伤水》;《探索与发现》栏刊出《最后一个年代——朱凌波、苏历铭关于诗与生命的对谈》等文;《汉诗新作》栏刊出邵春生、王祥康等《新诗5家》和李子良、苏雨景等《短诗一束》;《驻校诗人杨方特辑》栏刊出贺嘉钰《对杨方诗歌的三种解读尝试》等文。《编者的话》说:"本期作品卷有四大栏目,六个子栏目,发表了近二十位诗人的作品和评述。其中较集中的栏目是《诗坛峰会——推荐与展示》和《驻校诗人杨方特辑》。""诗人杨方是2013—2014学年的驻校诗人。特辑中发了她的入校和离校讲话,两篇对她作品的评论文章,选自诗集《骆驼羔一样的眼睛》中的一组诗。近些年,她的诗从简单走向丰富,从稚嫩走向成熟。她诗中源自生命深处的忧伤没有消失,她诗中对少年时代生活的那片土地刻骨铭心的爱没有消失,生命的痛感,以及发自心底的真挚的呼唤,对文化的敬畏和对大自然的爱,对他者的理解与同情,是这些构成了杨方诗歌作品的基本品质和感人至深的力量。""胡杨和伤水的诗,一个质朴真切,一个执着探索,都在诗歌之路上走过了近三十年的时

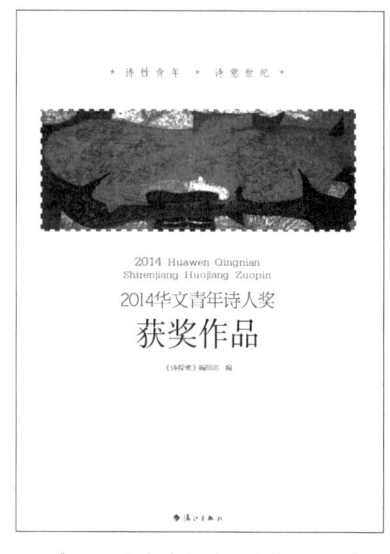

《2014华文青年诗人奖获奖作品》

光,获得了一定的成绩。他们在工作上也都取得了很好的成绩,既是诗人,也是工作中的专家。他们代表中国诗歌最坚实的力量。""苏历铭和朱凌波的对谈,让我们再一次回顾了20世纪80年代大学生诗歌那一代人的心灵历程,以及那个时代的人与事,有很好的研究价值。本栏目中邱景华对伊路诗歌的细读值得一读。"

2014年11月 《诗探索》编辑部编的《2014华文青年诗人奖获奖作品》由漓江出版社出版。作品分为《获奖诗人诗选》《入围青年诗人诗选》两部分,《获奖诗人诗选》收有冯娜《接站的母亲》、陈亮《温暖》、离离《祭父帖》等诗,有评委评语。

2015 年

2015年1月　《诗探索》编辑委员会选编，林莽主编的《2014中国年度诗歌》由漓江出版社出版，为"2014中国年度作品系列"之一种。收有小西《你所经历的，正是我将要发生的》、杜涯《花家地的秋天》、潘洗尘《这亲切的　我并不喜欢》等诗。

2015年2月　《诗探索·理论卷》2014年第4辑出刊，《诗学研究》栏刊出简政珍《从现代诗的意象看"诗人所为何事"》等文；《诗歌文本细读》栏刊出郑慧如《历久弥新的观念世界——从陈克华〈车站留言〉谈诗语的演绎与飘移》等文；《中生代诗人研究》栏刊出胡桑《隔渊望着人们——论陆忆敏》等文；《结识一位诗人》栏刊出霍俊明《巫气、白日梦、中年孔洞或其他——读唐果》等文；《杨方诗歌创作研讨会论文选辑》栏刊出灵焚《肉身可以出走，精神如何返乡？——对杨方〈骆驼羔一样的眼睛〉中"故乡词"的探险》等文；《姿态与尺度》栏刊出马绍玺《对抗与找寻——蓝野诗歌论》等文。《编者的话》说："在20世纪80年代中期的女性诗歌写作潮流中，陆忆敏是一颗闪烁着特殊光亮的星。她的《美国妇女杂志》《Sylvia Plath》等诗作，在高扬

《2014中国年度诗歌》

'黑夜意识'的翟永明、唐亚平、伊蕾等人之外，提供了一种内向而节制、精致而敏感的女性诗歌的存在。她净化了某些女性书写的非理性的、极端的情感体验，在自我与世界的关系中建构了一个既敞开而又具有收敛能力的空间，形成了鲜明而独特的风格。90年代中期以后，陆忆敏疏离了诗坛。但是她的诗作却被后起的年轻女性写作者不断地阅读。在本辑'中生代诗人研究'栏中，我们发表了胡桑的《隔渊望着人们——论陆忆敏》和胡亮的《谁能理解陆忆敏》，向这位当年有独立存在的价值、当下依然有重要影响的诗人致意。同时重新发表了陆忆敏写于1989年3月的《谁能理解弗吉尼亚·伍尔芙》，此文借谈这位英国女作家，阐述了陆忆敏本人的女性写作观，如今已成为有关80年代女性写作的经典文本。"

  2015年2月 《诗探索·作品卷》2014年第4辑出刊，《诗坛峰会》栏刊出《诗人周云蓬》；《2014年度〈诗探索〉华文青年诗人奖专辑》栏刊出冯娜、陈亮、离离的诗与文和《入围诗人诗选20首》；《汉诗新作》栏刊出牛庆国、姜寻等《新诗4家》；《探索与发现》栏刊出郑天枝《一片诗心在玉壶——我眼中"最具敬仰的女诗人"张蕴昭老人印象》等文和诗；《诗人、诗歌评论家陈超纪念专辑》栏刊出唐晓渡《霹雳远去之时，便是陈超永生之日》等文和《陈超诗23首》。《编者的话》说："本期《诗探索·作品卷》，发表了《诗人、诗歌评论家陈超纪念专辑》。陈超的生前好友唐晓渡的纪念短文和悼念诗，陈超弟子霍俊明博士对陈超十三本专著的精短介绍，以及对其诗歌作品的评论文章构成了这个专辑。陈超的离世，无疑是中国诗歌的一大损失。他的评论是近年来最优秀的，他的诗歌同样是超一流的。他的诗歌作品对现代与古典的综合与继承，体现了当前中国新诗写作的一种方向，一种寻求一脉相承的文化价值的方向。他的诗歌从生命体验出发，将生命与文化经验融为一体，沉静，深入，感人至深。""本期中还有两位独具特色的诗人的诗歌作品，他们是周云蓬和牛庆国。""周云蓬如同一位中世纪的行吟诗人，他少年失明，但他在诗歌和音乐中找到生命的价值，他的诗与歌跟着他到处行走，诗中对生活的认知与歌声中真情的演唱，让我们为之动容，他的歌为诗插上了飞行的翅膀。""牛庆国是一位出生于甘肃会宁的诗人，那里的一切深深地融入了他的心中，他的诗歌语言朴实无华，抒发情感真切细微，他的诗歌对乡土，对亲人的书写所达到的艺术高度，是诗歌中的上品。有人说，现在写乡土的诗歌太多了，不应再提倡写乡土等等。这种看上去似有道理的说法，却忘记了中国诗人的生命处境。对于诗人而言，他所书写的应该是他最有体验的，最熟悉，也最具情感的部分。中国当前的诗人们，绝大部分与中国的乡村有着不可分割的链接，让他们抛弃乡土经验，只写其他，那绝对是一种误导。不是人云亦云地仿写乡土，而是真有所悟地，深入心灵地书写，一定是有现实的审美价值的。而牛庆国的诗歌作品为我们树立了榜样。"

2015年3月 《诗探索》编辑部编，林莽、龙泉主编的《临川之笔——全国诗歌征文获奖作品集》由漓江出版社出版。"临川之笔"全国诗歌征文活动由《诗探索》编辑部主办。历时半年多（2014年6月至2015年2月），收到1000多位诗人的10000余首参赛作品。本书收录此次征文活动的获一、二、三等奖的牛庆国、吴素贞等12位诗人的117首诗歌作品和获优秀奖的40位诗人的115首诗歌，共230余首优秀诗作。

2015年4月 《诗探索·理论卷》2015年第1辑出刊，《诗学研究》栏刊出钟文《动物性比人性更人性——人性的后现代性，兼谈诗歌的表现》等文；《驻校诗人制度研究》栏刊出孙晓娅《互动中拓展诗韵——首都师范大学驻校诗人制度研究》等文；《中生代诗人研究》栏刊出叶橹《马新朝论》等文；《结识一位诗人》栏刊出马新亚《沅江河畔的渔歌与梵音——评谈雅丽的诗歌创作》等文；《纪念东荡子》栏刊出龙扬志《游牧者的书写与困境——东荡子论》等文。《编者的话》说："2004年9月，青年诗人江非，作为首位驻校诗人来到首都师范大学。自此又有诗人路也、李小洛、李轻松、邰筐、阿毛、王夫刚、徐俊国、宋晓杰、杨方、慕白先后驻校。到现在为止，首都师范大学驻校诗人制度建立已有十年了。十年，在人类社会的漫长历史上不过是一瞬，但是就一个学术机构的发展史与一位诗人的生命史而言，却是不能忽视的一个相当长的时段了。首都师范大学驻校诗人制度的建立，调动了教育部门的资源，把教育与诗歌、校园与诗人联系起来，突破了诗人封闭自足的私人空间，让诗人与诗歌进入社会的公共空间，既为莘莘学子的学习创造了良好的氛围，又为青年诗人

2015年4月15日诗人邵燕祥夫妇、谢冕夫妇到会所访问。图为邵燕祥夫妇

图为谢冕夫妇与林莽、刘福春

的成长提供了一片沃土。为了对首都师范大学的驻校诗人制度做一总结和展望,为了让驻校诗人制度能在更大的范围内开花结果,首都师范大学中国诗歌研究中心于2014年11月下旬举行'首都师范大学驻校诗人十年回顾研讨会',来自中国及韩国的50余位学者以及首都师范大学11位驻校诗人参加了研讨会,并围绕国内、外驻校诗人制度的比较研究,驻校诗人制度与作家协会青年作家培养制度的比较研究,首都师范大学驻校诗人制度的意义、特色、成绩、不足,对驻校诗人制度未来的展望与建议等议题进行了热烈的研讨。现从会议收到的论文中选发孙晓娅、王巨川、罗小凤、许敏霏的文章,希望能对驻校诗人制度的完善和发展提供有益的对策与参考。"

2015年4月 《诗探索·作品卷》2015年第1辑出刊,《诗坛峰会》栏刊出《诗人马佳》;《汉诗新作》栏刊出《漓江版〈2014中国年度诗歌〉作品20首》等诗;《探索与发现》栏刊出《王学芯诗8首》和李哲《玉门关外的春风——评胡杨的诗》等文;《新诗集视点》栏刊出《沉河诗集〈碧玉〉12首》等诗文;《新诗图文志》栏刊出张洪波的《我的收藏:牛汉先生著作》。《编者的话》说:"近年的中国诗歌确实异常活跃,诗歌阅读,诗歌朗诵,诗歌采风,诗歌节,国际诗歌研讨会,国际诗歌交流活动等,层出不穷,其中有许多卓有成效的优秀活动,当然,大多数是走过场,完成文化任务,写进工作总结。诗歌奖项的数量和种类空前的多而杂,据不完全统计,一年应有上百个大大小小的诗歌奖,有的奖项奖金额数已达到几十万。但,许多奖项都是一次性的,能坚持多年并有明确宗旨与目标的奖项屈指可数。至于评奖标准、方式、程序等更是较为驳杂,各有各的标准和方式,正如前文讲的多种层次的诗歌群体、民间机构等,都在通过这一方式宣扬自己的诗歌主张和观念。""近些年新媒体和

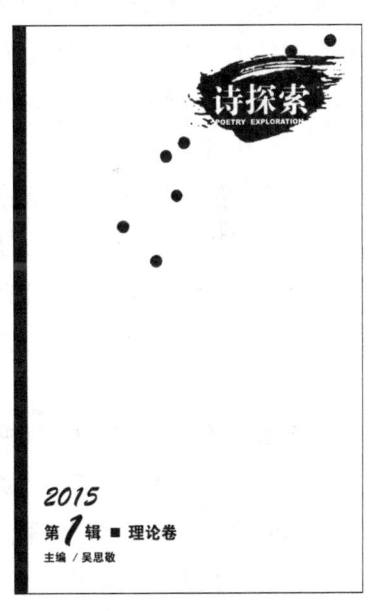

《诗探索·理论卷》2015年第1辑

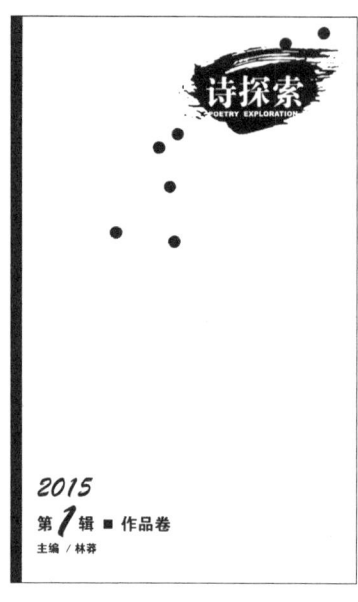

《诗探索·作品卷》2015年第1辑

自媒体的发展为中国诗歌传播提供了更为广阔的空间,网站、博客异常活跃。近两年的微信群、微信公众号更是如虎添翼。诗歌的精短、易于传播的特点更体现了它的优势,许多诗歌几个小时之内就能有几万读者的关注,这在以往是很难达到的。""总之,中国诗歌是一片充满生机的、自由的文化生态荒原,潜藏着巨大的能量,是诗人、评论家和具有优秀文化意识的有志之士大有用武之地的一片沃土。"

2015年7月8日 由首都师范大学中国诗歌研究中心主办的"首都师范大学驻校诗人慕白诗歌创作研讨会"在北京举行。研讨会对作为"2013年度诗探索·华文青年诗人奖"获奖者入驻首都师范大学的驻校诗人慕白的诗歌创作进行了探讨。吴思敬、赵敏俐、雷宇、王国健、朱向海、商震、刘福春、孙晓娅、臧棣、叶坪、郑翔、胡军、蓝野、陆健、谢幕、谷禾、王巨川、霍俊明、刘年、唐力、薛梅、王士强等学者、诗人,《文艺报》《中国艺术报》、凤凰网等媒体以及首都师范大学中国诗歌研究中心部分研究生共40余人参加了会议。会议由首都师范大学中国诗歌研究中心副主任吴思敬教授主持。驻校诗人制度发起人林莽从国外传来《给诗人慕白的一封信》表示祝贺。

2015年7月 《诗探索·理论卷》2015年第2辑出刊,《诗学研究》栏刊出许环光《现代诗的困境》等文;《诗歌文本细读》栏刊出任洪渊《在飞回蝴蝶的一刹飞出蝴蝶——沈浩波〈蝴蝶〉论》等文;《80年代大学生诗歌运动回顾》栏刊出沈奇《诗性生命历程的"初稿"与"原稿"——答20世纪80年代大学生诗歌运动访谈》等文;《少数民族诗歌研究》栏刊出陈大为的论文《玛尼石上的行书——当代西藏汉语诗歌的原乡写作》;《姿态与尺度》栏刊出苏婧的诗论《抗拒遗忘的疼痛——孙方杰诗歌简论》。《编者的话》说:"自中国新诗诞生以

首都师范大学驻校诗人慕白诗歌创作研讨会

来,就有'大学生诗歌'写作现象。只不过由于高等教育欠发达,20世纪70年代以前的'大学生诗歌'一直是散漫的、个别的存在,未能在诗歌史上造成重要影响。然而80年代异军突起的'大学生诗歌运动'却构成了在当代诗歌史上继'朦胧诗'群之后一个特殊的诗歌现象,从中涌现了被称之为'新生代'或'第三代'的多个诗歌创作群体,推出了大量的校园诗人,形成了浩浩荡荡的诗歌创作潮流。其中有些诗人离开校园后继续坚持诗歌写作,并成为90年代及新世纪初诗坛的中坚。为给80年代中国大学生诗歌写作留下真实的记录,本辑特辟'80年代大学生诗歌运动回顾'专栏,所刊出的沈奇《诗性生命历程的'初稿'与'原稿'》一文,以访谈的形式回忆了他所亲历的80年代大学生诗歌运动,富有现场感,可视为这一诗歌运动的个案。姜红伟的《20世纪80年代大学生诗歌档案》则着眼全局,是对这一诗歌运动的鸟瞰,从他列举的一个个校园诗人、校园刊物、校园社团的名字中,我们不难发现校园诗歌运动的自由、开放的精神气质,以及这一运动的参与者与后来的诗歌、小说、散文、影视界的不解的渊源。"

2015年7月 《诗探索·作品卷》2015年第2辑出刊,《诗坛峰会》栏刊出《诗人李岩》《诗人海城》;《探索与发现》栏刊出沈苇的《从乌鲁木齐到耶路撒冷》和《沈苇诗15首》;《汉诗新作》栏刊出黑枣、亚楠、简清枝《新诗三家》和高鹏程、张巧慧等《宁波青年诗群作品辑》;《译作与研究》栏刊出高炯烈、金基泽等《韩国五人诗选》;《新诗集视点》栏刊出《陈丽伟诗集〈城市里的布谷鸟〉作品选读》和《致龄十二木卡姆双行诗集〈莫若当初〉作品选读》等诗与文。《编者的话》说:"本期《诗探索》在'诗坛峰会'一栏中发表了两名在诗坛并不活跃的诗人李岩、海城的组诗。他们各有自己所坚守的审美方式和一以贯之的艺术寻求,在诗歌创作中,有了值得我们关注的成绩。'汉诗新作'中诗人黑枣、亚楠、简清枝三位诗人的作品同样优秀。'作品与诗话'中诗人沈苇的诗和文章都值得认真研究。其他两个栏目中,诗人陈丽伟、致龄以及韩国五位诗人的作品与评论也会开阔我们的阅读视野,开拓我们的读诗新感受。""中国的新诗已经走出了对现代性的盲目的追求阶段,我们已经进入了一个多元共生的新时期。每一位诗人的自我修炼和自我要求,决定一个诗人的最终的成功与否和成绩的高低。""本期《诗探索》在'汉诗新作'一栏中发表了一组宁波青年诗人诗选,在选编诗歌的过程中,他们的作品给我留下了很深的印象。我感到,在中国诗人整体提高的大前提下,宁波 15 位青年诗人都具有很好的诗歌写作能力,也都写出了不错的诗歌作品。可以说宁波青年诗人的创作近几年有了很大的进步,他们已经整体地站在了中国诗歌的前列。这一成绩的取得,是和宁波的文学大环境相关的。我们的青年诗人们应该感谢那些为宁波的良好的文学环境做出贡献的人。"

2015 年 9 月 17 日 由首都师范大学中国诗歌研究中心主办的"2015 年首都师范大学驻校诗人入校仪式"在北京金龙潭大饭店举行。"2014 年度诗探索·华文青年诗人奖"获奖者冯娜作为该校驻校诗人入驻首都师范大学。赵敏俐、吴思敬、刘福春、孙晓娅、杨克、林珂、王巨川、林喜杰、谷禾、安琪、邰筐、王士强、冯雷等学者、诗人、评论家、媒界人士以及首都师范大学中国诗歌研究中心部分硕士研究生共 40 余人出席。入校仪式由首都师范大学中国诗歌研究中心副主任吴思敬教授主持。

2015 年 9 月 29 日 《诗探索》编辑部、高密市人民政府联合主办,高密市文化产业管理委员会承办的"第五届中国红高粱诗歌奖"颁奖典礼在山东高密举办的"第六届中国(高密)红高粱文化节"开幕式上举行。2015 年度第五届

2015年首都师范大学驻校诗人入校仪式

"第五届中国红高粱诗歌奖"颁奖典礼

"中国红高粱诗歌奖"办公室共收到来自全国各地诗歌稿件40000余首,基本覆盖了全国各个诗歌领域。诗人邓朝晖、向迅、离离获得此奖。

2015年11月 《诗探索·理论卷》2015年第3辑出刊,《诗学研究》栏刊出叶橹《生活·生命·存在——关于诗的进入方式及层面的言说》等文;《慕白诗歌创作研讨会论文选辑》栏刊出毛佩琦《"我慌乱地四处张望,不知身在何处"——读慕白的诗》等文;《纪念陈超》栏刊出唐晓渡《陈超对现代解诗学的杰出贡献》等文;《姿态与尺度》栏刊出喻子涵、陈晓莉《在"解构"中寻求"突围"——周庆荣散文诗论》等文;《新诗理论著作述评》栏刊出刘波《何谓入心的诗歌批评——从〈沈奇诗学论集〉(增订版)看沈奇的批评美学》等文。《编者的话》说:"2014年10月31日凌晨,著名诗歌评论家陈超先生离开了这个世界。陈超是《诗探索》的重要作者,也是编委会同人的好朋友。作为诗人,他留下了《热爱,是的》《陈超诗歌快递:夜烤烟草》《陈超短诗选》等诗集;作为诗论家,他留下了《20世纪中国探索诗鉴赏》《当代外国诗歌佳作导读》《打开诗的漂流瓶——现代诗研究论集》《中国先锋诗歌论》《游荡者说——论诗与思》《诗与真新论》等著作。陈超是一位'诗人批评家',他通过对'生命诗学''先锋诗学'的研究,通过对'现代解诗学'的探讨与实践,建立了属于自己的批评话语谱系,对中国当代诗学建设作出了杰出的贡献。为了总结陈超留下的诗学遗产,本刊在陈超逝世一周年之际,特发表唐晓渡、霍俊明、大解、王永的文章,分别对陈超诗学思想的几个方面做了阐释,以此表达我们对陈超的真诚的怀念。"

2015年11月 《诗探索·作品卷》2015年第3辑出刊,《诗坛峰会》栏刊出《诗人雨兰》《诗人谢虹》;《新诗集视点》栏刊出《第五届中国红高粱诗歌奖专辑》;《探索与发现》栏刊出武强华、王孝稽等《青年诗人谈诗》和温奉桥、张波涛的诗评《从乡土到宇宙的飞升——论陈亮诗歌的情感形式》;《汉诗新作》栏刊出车延高、山东小点子等《诗五家》和华海、唐德亮等《广东清远五人诗选》;《新诗图文志》栏刊出《驻校诗人慕白特辑》。《编者的话》说:"本期作品卷共有五个大的栏目。'诗坛峰会'发表了两位在当下诗坛并不活跃的女诗人的作品,她们的诗有自己的特色,她们潜心于自己的诗歌写作,这种写作的心态很值得尊重。'探索与发现'发表了五位青年诗人谈自己的诗歌历程的文章和他们的诗歌作品,从中我们看到了青年诗人群体的一些状态和他们的艺术追求。还有一篇评论诗人陈亮的文章,陈亮是去年'华文青年诗人奖'的获得者,他的诗歌沉潜、朴实,是一位有潜力的诗人。'汉诗新作'中有八位诗人的作品和一组广东清远诗人的诗选。他们的作品各有特色,刊发在此,供大家学习与研究。""另两个专栏,一个是'第五届中国红高粱诗歌奖专辑',刊发了今年获奖者的作品和整体评奖情况。另一个是2014—2015年首师大驻校诗人慕白的特辑。从去年9月到今年7月,诗人慕白完成了第十一位驻校诗人的学习任务。首师大中国诗歌研究中心为其召开了离校研讨会。我因故未能出席他的这个研讨会,深为遗憾,特赶写了一信,表达了我的一些想法。刊发本专栏时,又读了一遍这封信,我以为与我们当前的诗歌形态还有许多关联,故将信的一部分进行了摘录,供读者们讨论。"

2016年

2016年1月 《诗探索》编辑委员会选编，林莽主编的《2015中国年度诗歌》由漓江出版社出版，为"2015中国年度作品系列"之一种。收有三米深《父亲的翅膀》、沈苇《阳台上的女人》、臧棣《美妙震颤入门》等诗。

2016年1月 《诗探索》编辑部编的《2015红高粱诗歌奖获奖作品集》由现代出版社出版。作品分为《2015红高粱诗歌奖获奖诗人作品》《2015红高粱诗歌奖提名奖诗人作品》两部分。《2015红高粱诗歌奖获奖诗人作品》收有邓朝晖《沅江词》、向迅《我们曾经拥有的黄金》、离离《六一村的证词》诗3组和授奖词。

《2015中国年度诗歌》　　　　《2015红高粱诗歌奖获奖作品集》

2016年1月 《诗探索》编辑部编的《2015华文青年诗人奖获奖作品》由现代出版社出版。作品分为《获奖诗人诗选》《入围青年诗人诗选》两部分,《获奖诗人诗选》收有臧海英《刀锋》、王单单《工厂里的国家》、张巧慧《每个人都怀揣光源》等诗,有评委评语。

2016年2月 《诗探索·理论卷》2015年第4辑出刊,卷首刊出洪子诚的读作品记《〈娘子谷〉及其他》;《诗歌语言研究》栏刊出王泽龙、倪贝贝《现代汉语人称代词与中国现代诗歌》等文;《孙绍振诗学思想研究》栏刊出俞兆平《孙绍振诗学体系

《2015华文青年诗人奖获奖作品》

的哲学底蕴》等文;《唐祈研究》栏刊出张天佑《唐祈诗歌的民族文化空间营造与民族诗学阐释》等文;《结识一位诗人》栏刊出邵波《怒江·汉子·回忆——读刘年的〈大怒江〉》等文;《新诗理论著作述评》栏刊出孙玉石的书评《"诗界革命"与新诗发生期研究的突破性思考——读荣光启〈现代汉诗的发生:晚清至五四〉》。《编者的话》说:"孙绍振是中国当代著名诗论家,1981年发表《新的美学原则在崛起》,成为阐释以'朦胧诗'为代表的新的美学追求的重要文本,在当时引发强烈的社会反响。此后,孙绍振在诗歌理论与批评领域勤奋耕耘,把中国古代诗文评传统与西方现代批评理论融为一体,在诗歌现状批评、诗歌文本细读和诗学理论阐释等方面进行了卓有成效的探索,显示出评论家的鲜明个性。2015年10月23日,由北京大学中国诗歌研究院、首都师范大学中国诗歌研究中心、福建师范大学文学院联合主办的'孙绍振诗学思想研讨会'在安徽省黄山市黟县举行。谢冕、张炯、阎国忠、骆寒超等40余位学者与会。本刊现从会议论文中,选发俞兆平、伍明春、陈仲义三位学者的文章,希望能从为文、为人的不同侧面,对孙绍振的诗学思想做出较为客观而真实的评述。""苏联诗人叶夫图申科,在上世纪60年代初的中国曾作为'修正主义文

学'的代表受到批判。1985年他作为苏联作家代表团成员访问中国,无形中为他在中国恢复了名誉。2015年11月在北京获得'中坤国际诗歌奖'。不过,当下许多青年人,对叶夫图申科的名字还是颇感陌生的。为此,本刊发表了洪子诚先生的《〈娘子谷〉及其他》,此文回顾了叶夫图申科在当代中国命运的起伏,对其重要代表作《娘子谷》做了精当的分析,并进而探讨了政治诗与当代中国的关系。这篇文章名为'读作品记',却融入了深刻的思考,有深厚的历史感,值得向读者推荐。"

2016年2月　《诗探索·作品卷》2015年第4辑出刊,《诗坛峰会》栏刊出《诗人张洪波》《诗人刘普》;《2015年华文青年诗人奖专辑》栏刊出获奖诗人臧海英、王单单、张巧慧的作品;《汉诗新作》栏刊出邹进、江南梅等《新诗4家》;《赏析与选读》栏刊出《2005—2015食指十年作品辑》和曾念长的文章《一个断裂原形的浮现——对1998年"食指归来"现象的再思考》。《编者的话》说:"本期《诗探索·作品卷》,刊发了4个栏目。""一是《诗坛峰会》。诗人张洪波的作品时间跨度较长,他的诗一直在追求诗歌的意义与价值,他的写作也在不断的自我调整中发展变化着。随着年龄和阅历的增长,近些年的作品写得更加开阔而从容了。另一位诗人刘普的作品,大都是近一两年的新作,他的诗是与自己的生活体验紧紧相连的。语言简明,内涵清晰,具有真切的生命体验。""《2015年华文青年诗人奖专辑》,刊发了2015年度获奖的3位青年诗人臧海英、王单单和张巧慧的作品和他们书写自己诗歌历程的文章。从中我们可以看到,每一个取得了一定成绩的诗人都不是偶然的。他们为诗歌的写作所付出的努力和所取得的成绩是相当的。他们的诗歌各有特色,值得一读。""《汉诗新作》一栏中,刊发了4位诗人的作品,他们4位的作品都是有特色的诗歌作品。其中诗人邹进曾是上世纪80年代大学生诗歌写作的代表性诗人。这里推荐给大家的是他的9首诗歌新作。""诗人食指离开福利院的十几年中,坚持写作,诗歌作品虽不多,但他对诗歌的研究和论述很少刊发。这次刊发食指的十年作品辑,为关注食指的读者和研究他的专家集中提供了一批资料。在同一栏目中,我们刊发了一篇曾念长博士的论文。他对1998年食指浮出水面和食指诗歌精神社会价值的分析与判断独具特色,这是一篇阅读了很多资料和参考了许多相关文本的好文章。"

2016年3月23日 "诗探索·华文青年诗人奖"更名为"诗探索·人天华文青年诗人奖",由《诗探索》编辑委员会与北京人天书店有限公司主办。"2015诗探索·人天华文青年诗人奖"颁奖典礼在重庆举行,臧海英、王单单、张巧慧获奖。谢冕、吴思敬、林莽、邹进、刘福春等出席。

"2015诗探索·人天华文青年诗人奖"颁奖典礼

2016年3月 《诗探索·理论卷》2016年第1辑出刊,《纪念沈泽宜》栏刊出谢冕《迟到的青春祭——沈泽宜周年纪念,兼怀张元勋、林昭》等文;《新诗形式建设问题研究》栏刊出叶橹《流变的诗体　不变的诗性》等文;《诗学研究》栏刊出郑慧如《论台湾现代诗的抒情语调》等文;《张志民诗歌创作研讨会论文选辑》栏刊出刘琼《诗歌的公共性及自觉——兼谈诗人张志民诗歌创作》等文;《结识一位诗人》栏刊出魏巍《底层苦难的生命书写——读王单单的诗》等文。《编者的话》说:"张志民(1926—1998)从少年时代即投身抗日活动,在战火中成长为一位诗人。1947年写出的长篇叙事诗《王九诉苦》和《死不着》,成为解放区诗歌创作的经典文本。'文革'中受'四人帮'迫害,被关入秦城监狱四年,出狱后,又被发配到湖北沙洋'鸡鸣嘴'农场继续改造。进入新时期以后,才得以平反。张志民的诗歌创作持续了半个世纪,他的诗歌继承

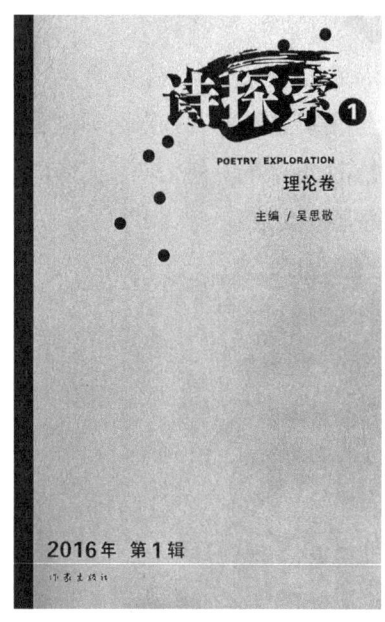

《诗探索·理论卷》2016年第1辑

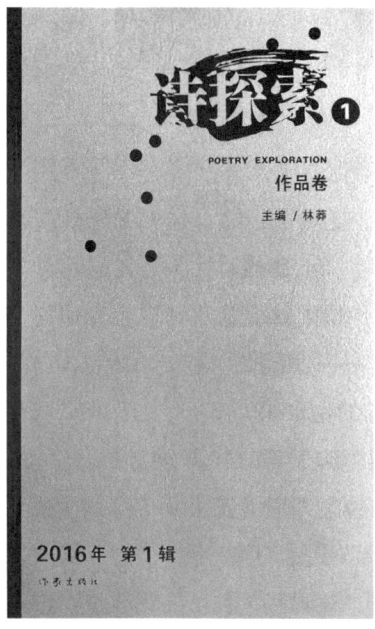

《诗探索·作品卷》2016年第1辑

了民族文化的优良传统,自觉地把个人的命运与祖国的命运联系起来,把个人感受与哲学意蕴结合起来,展示了从战争环境到和平时期多维空间中人的心灵世界,对当代诗界有重要影响。2015年8月21日,在抗日战争胜利七十周年到来之际,为纪念张志民诞辰九十周年,在当年的平西革命根据地斋堂,由中共北京市门头沟区委宣传部、北京作家协会、首都师范大学中国诗歌研究中心联合主办了'张志民诗歌创作研讨会'。高洪波、刘恒、王升山、黄怒波、杨匡汉、吴思敬、沈奇、马淑琴等诗人、学者四十余人到场。与会者认为,张志民在抗日战争的烽火中,投身民族解放运动,以时代的亲历者身份写下的一系列具有民族和时代特色的诗作,显示了诗人与时代同在、与人民同歌哭的优秀精神质地,对当前诗歌创作具有方向性意义。现从与会者提交的论文中选刊刘琼、黄怒波、宋宁刚、沈奇、冯雷、卢祯等人的文章,希望能从不同侧面还原诗人张志民的形象。"是期起改由作家出版社出版。

2016年3月 《诗探索·作品卷》2016年第1辑出刊,《诗坛峰会》栏刊出《诗人麦芒》;《探索与发现》栏刊出肖寒等《青年诗人谈诗》和毛子《降临或相遇:一首诗歌的画外音》等文;《汉诗新作》栏刊出乔国永、荫丽娟等《诗五家》和《2015年诗歌年选作品展示（一）》；《新诗图文志》栏刊出《白洋淀诗人抄诗本上的诗歌散句》。

2016年4月24日 《诗探索》编辑部、长兴县委宣传部、长兴县文联主办的"白洋淀携手西太湖——中国著名诗人林莽与长兴诗人见面会"在长兴艺术馆举行。林莽、刘福春和沈秋伟、刘月琴、田家村等长兴诗人、作家约30人出席了见面会。

2016年6月19日 由青岛文学馆策划、《诗探索》编辑部组织的"诗之淀——林莽白洋淀习作展（1969—1975）"在青岛良友书坊开幕，展览集中呈现了林莽在白洋淀时期创作的诗歌、油画和水彩画作品。开幕式后，在青岛文学馆又举办了"诗探索之夜——林莽诗歌朗诵会"。林莽、刘福春、蓝野、张洪波、子川、苏历铭、陈昶、谢明洲、孙方杰、尤克利、阿华和青岛本地作家诗人郑建华、谢颐城、孙一、韩嘉川、高建刚、刘涛、杜帝、张毅、高伟、邵竹君、李林芳、陈亮、小西、江红霞等参加了活动。

2016年6月 《诗探索·理论卷》2016年第2辑出刊，《诗学研究》栏刊出赵勇《"奥斯威辛之后写诗是野蛮的"试解读》等文；《孙玉石诗学思想研究》栏刊出谢冕《朋友如酒，久而弥醇》等文；《结识一位诗人》栏刊出一禾《臧海英诗歌的艺术风格》等文；《新诗史料》栏刊出哑默《代际传递：贵州诗歌的潜在写作》等文。《编者的话》说："孙玉石先生是中国当代最重要的现代文学研究专家和诗歌理论家之一。在他的身上突出体现了北京大学学者的求实、创新、严谨、厚重的学风。孙玉石先生致力于中国现代文学研究、中国新诗研究几十年，推出了《〈野草〉研究》《中国初期象征派诗歌研究》《中国现代诗导读》《中国现代诗歌艺术》《中国现代主

"诗之淀——林莽白洋淀习作展（1969—1975）"海报

义诗潮史论》《中国现代解诗学的理论与实践》等著作，对中国现代文学研究，特别是对鲁迅《野草》的研究，对以象征派诗歌为代表的中国现代主义诗潮的研究，对中国现代解诗学的研究等方面作出了杰出的、具有原创性的贡献，并在这些研究工作中显示了他独特的学术品格。为对孙玉石先生的学术贡献做深入总结，以推动中国当代诗歌理论的发展，北京大学中文系于2015年11月14日在北京大学百年纪念礼堂会议室召开了'中国现代文学研究的传统——庆贺孙玉石教授八十华诞暨孙玉石教授学术思想研讨会'。本刊特在'孙玉石诗学思想研究'栏目下，选发了谢冕、洪子诚、温儒敏、王泽龙、郭小聪五位先生的发言，此外，吴晓东的《无言之美——孙玉石教授的学术与教育行迹》则是一篇浓缩的孙玉石学术评传，具有宝贵的文学史料价值。"

2016年6月 《诗探索·作品卷》2016年第2辑出刊，《诗坛峰会》栏刊出《黄浩诗三十首》和林莽《质朴的乡村生活画卷》等文；《探索与发现》栏刊出熊焱《怀念的，忧伤的……》等文和《牛庆国诗九首》；《汉诗新作》栏刊出温度、邵纯生《新诗两家》和《2015年诗歌年选作品展示（二）》《上海"华亭诗社"诗选》；《新诗图文志》栏刊出《诗人叶三午》等文，有《编者按》："对于当下的诗坛，叶三午是一个十分陌生的名字。除了他的妹妹、弟弟、堂弟叶兆言和作家庞旸写过纪念和回忆他的短文刊发在一些期刊上，他的诗歌既没有结集成书，也没有在任何媒体上刊载过。但在20世纪60年代末、70年代初的北京青年文化圈自然形成的一些'文化沙龙'中，叶三午的名字是十分响亮的。""这里刊登的文章和诗歌，将为关注那段历史的人们提供较为翔实的材料。叶三午'1942年4月19日生于四川成都。1961年毕业于师范，任小学语文教师，后响应号召到密云林场当工人。1965年因工伤失去劳动能力，饱受疾病痛苦。1988年11月27日患急症病逝。他从小酷爱文学、音乐和美术，创作过诗歌、散文和小说。'""叶三午17岁开始诗歌写作，到1974年辍笔，有16年的时间，留有90多首作品。他与朦胧诗的主将以及那个特殊时代的诗歌、音乐和绘画的追求者多有交集，他的诗歌有着那个时代的深深印记。""为了帮助大家阅读，我们将叶三午的妹妹叶小沫品读叶三午诗歌的短文附在每首诗的下面，以供参考。"

首都师范大学驻校诗人冯娜诗歌创作研讨会

2016年7月6日 由首都师范大学中国诗歌研究中心主办的"首都师范大学驻校诗人冯娜诗歌创作研讨会"在北京紫玉饭店召开。研讨会对作为"2014年度诗探索·华文青年诗人奖"获奖者入驻首都师范大学的驻校诗人冯娜的诗歌创作进行了探讨。吴思敬、赵敏俐、李志强、王巨川、卢桢、张立群、孟庆澍、胡军、朵渔、彭明榜、徐丽松、潇潇、邰筐、王士强、王威廉、西洲、天乐、张晴、林喜杰、连敏、张光昕、景立鹏、唐明映等学者、评论家、诗人共30余人参加了会议。会议由首都师范大学中国诗歌研究中心副主任吴思敬教授主持。

2016年9月14日 由首都师范大学中国诗歌研究中心主办的"2016年首都师范大学驻校诗人入校仪式"在北京举行,"2015诗探索·人天华文青年诗人奖"获奖者王单单作为该校驻校诗人入驻首都师

2016年首都师范大学驻校诗人入校仪式

范大学。吴思敬、林莽、刘福春、邹进、张清华、孙晓娅、刘立云、霍俊明、刘年、胡军、王朝军、严彬、张立群、王巨川、王士强、师力斌、张光昕、西娃等学者、诗人、评论家以及首都师范大学部分本科生和硕士研究生参加了此次会议。会议由首都师范大学中国诗歌研究中心副主任孙晓娅教授主持。

2016年9月23日　由《诗探索》编辑委员会与北京人天书店有限公司主办的"2016诗探索·人天华文青年诗人奖"颁奖典礼暨座谈会在武汉国际博览中心举行，张二棍、聂权、武强华获奖。林莽、邹进、刘福春、谢克强、方长安、毕光明、邹建军、卢雄飞、哨兵等出席。

"2016诗探索·人天华文青年诗人奖"颁奖典礼

2016年9月25日　由中国当代文学研究会诗歌委员会和山东省作家协会诗歌委员会主办，《诗探索》编辑部、《山东文学》编辑部、青岛日报社、《青岛文学》编辑部、青岛市文化研究院、平度市文化广电新闻出版局、青岛春泥诗社、青岛新河生态化工科技产业基地协办的"2016中国乡村诗歌高峰论坛暨首届'诗探索·中国春泥诗歌奖'颁奖会"在青岛举行。诗人梁积林、吉尔、梅苔儿获奖。林莽、李明、李掖平、牛鲁平、李军、蓝野、北野、高建刚、刘成爱、郑小琼、徐俊国、田暖、臧海英等出席。"诗探索·中国春泥诗歌奖"的设立，旨在提倡"乡村诗歌"的创作，发现和表彰现代乡村生活的优秀写作者。

2016 中国乡村诗歌高峰论坛暨首届"诗探索·中国春泥诗歌奖"颁奖会

2016 年 9 月 28 日 由《诗探索》编辑部、山东高密市人民政府联合主办，高密市文化产业管理委员会承办的"第六届中国红高粱诗歌奖"颁奖典礼和"红高粱诗歌奖作品研讨会"在山东高密举行。诗人魔头贝贝、吴乙一、敬丹樱获奖，另有来自不同省份的 25 位诗人获得本届"红高粱诗歌奖"的入围奖。

2016 年 9 月 《诗探索·理论卷》2016 年第 3 辑出刊，《北岛诗歌创作研讨会论文选辑》栏刊出谢冕《这是等待上升的黎明——读北岛》等文；《新诗形式建设问题研究》栏刊出叶橹《分行　结构　意蕴——诗的形式要素试探》等

"第六届中国红高粱诗歌奖"颁奖典礼

文;《中生代诗人研究》栏刊出罗执廷《论杨克诗歌的文化批判和社会关怀》等文;《诗坛态势剖析》栏刊出世宾的文章《境界美学与第四代诗歌运动的崛起可能》。《编者的话》说:"在中国当代诗歌发展史上,北岛是位有重要影响的诗人。他的直面现实的勇气、独立的人格力量和觉醒者的先驱意识,他诗中凝结的一代人的痛苦经历与思考,使他理所当然地成为朦胧诗派的代表人物。作为新时期现代主义诗风的开启者,北岛为中国新诗的现代转型发挥了重要的推动作用,他的作品构成了当代中国的一种重要的文化现象。""2016年5月21日,由中国当代文学研究会、首都师范大学中国诗歌研究中心、廊坊师范学院文学院联合主办的'北岛诗歌创作研讨会'在河北廊坊师范学院召开。北岛和法国汉学家、北岛诗歌的翻译者尚德兰女士,以及来自全国各地的学者、诗人等四十余人参加了会议。相对于北岛诗歌创作的成就与影响,这是一个迟来的研讨会;时间拉开了距离,却也可以让诗人与学者对北岛做出较为客观的文学史评价。会上,大家围绕北岛的历史感和使命感,他的深层的灵魂诘问,他的智性人格的魅力,他的诗歌美学观念,以及他在当代诗歌史上的地位,展开了广泛、充分的研讨。为让更多的人了解研讨内容,本刊特辟'北岛诗歌创作研讨会论文选辑'专栏,发表谢冕、钟文、尚德兰、苗雨时、刘波、陈卫等作者的文章,以飨读者。"

2016年9月 《诗探索·作品卷》2016年第3辑出刊,《诗坛峰会》栏刊出《诗人宇舒》;《探索与发现》栏刊出沈浩波《潘洗尘:在恐惧中 忘了恐惧》和刘波、毛子《每一次写作都是托孤——毛子访谈录》等文与诗;《汉诗新作》栏刊出曹宇翔《向岁月致意》等诗;首届"诗探索·中国春泥诗歌奖"专栏》刊出《首届"诗探索·中国春泥诗歌奖"获奖作者作品展示》《首届"诗探索·中国春泥诗歌奖"入围作品展示》。

2016年11月12日 由《诗探索》编辑部、诸城市委宣传部联合主办,诸城市文联、琅琊书院承办的"诗探索·中国新诗发现奖"诗会在山东诸城举行。小西的《小西诗歌15首》与评论者栾纪曾的《同诗歌一起寻找和发现自己》;老井的组诗《地心的戍卒》与评论者刘斌的《诅咒与葡萄——读老井的煤炭诗兼其他》;八零的诗《银驼山庄》与评论者杨光的《现实隐喻与叙述的诗性建

首届"诗探索·中国新诗发现奖"诗会

构》获奖。邹进、林莽、李掖平、刘福春、罗振亚、孙基林、谢明洲、韩嘉川、陈盛、黄浩等出席。

2016年12月 《诗探索·理论卷》2016年第4辑出刊,《诗学研究》栏刊出钟文的文章《海德格尔的诗歌观》;《冯娜诗歌创作研讨会论文选辑》栏刊出贞桢《安静也是一种修辞——读冯娜的诗》等文;《结识一位诗人》栏刊出贺嘉钰《"指向天空的辽阔"——对武强华诗歌的几点思考》等文;《诗人访谈》栏刊出洛夫、庄晓明的《大河的奔流——2016:洛夫先生访谈录》。《编者的话》说:"首都师范大学第十二届驻校诗人冯娜,1985年生于云南丽江,白族,毕业并任职于中山大学,是近年来在诗坛十分活跃的青年诗人。著有《云上的夜晚》《寻鹤》《一个季节的西藏》《无数灯火选中的夜》等诗文集多部。作为一位年轻的女性诗人,冯娜既保留了白族的民族传统,又对现代诗学文化抱有极大的热情。她像辛波丝卡一样,对世界既全力投入,又保持适当距离。因而她的诗有生活实感却不是生活的实录,在想象的时空中充溢着隽永的、氤氲的诗意。这是一位具备多种笔墨、可塑性很强的诗人。在冯娜即将结束在首都师范大学的驻校生活之际,首都师范大学中国诗歌研究中心举办了'首都师范大学驻校诗人冯娜诗歌创作研讨会'。本辑特选发卢祯、林馥娜、刘洁岷、陈培浩、景立鹏、蒋登科与战宇婷等人的论文六篇,以飨读者。""青年诗人武强华,出生在河西走廊祁连山下的一个小村庄,医学院毕业,但改了行,在工作之余,一直保留了对诗的钟爱,曾获2016诗探索·人天华文青年诗人奖。她自称:'在偏远闭塞的青藏高原边缘地带生存与写作,我的想法是单纯的,正如童年时一个人去密林深处采蘑菇,寻寻觅觅,时而沉默,时而惊喜,在诗中我执守内心的这一份孤独和宁静。'正是这种独特的生活经历与甘于寂寞的创作心态,使她善于用浓重的笔触抒写内心的感悟,诗歌的境界显得旷达而大气。她的诗源自生命的疼痛,在孤独的体验与生活的煎熬中,展示了一种大悲悯的情怀。这是一位具有较大的可塑性和较为宽阔的发展空间的诗人。本辑特在'结识一位诗人'专栏中,发表贺嘉钰、周小琳、吴锦华对其诗作的评论,把她介绍给广大读者。"

2016年12月 《诗探索·作品卷》2016年第4辑出刊,《2016年〈诗探索〉奖专栏》刊出《2016年"人天华文青年诗人奖"获奖诗人作品选》《第六届"红高粱诗歌奖"获奖作品及评点》;《汉诗新作》栏刊出杨景荣、刘厦等《新诗四家》和余仁辉、唐益红等《湖南常德诗人作品小辑》;《探索与发现》栏刊出阿门《记与者》、林宗龙《夜行动物》等诗与评论;《驻校诗人冯娜专栏》刊出《冯娜诗三十首》和评论。

《2016红高粱诗歌奖获奖作品集》

2016年12月 《诗探索》编辑部编的《2016红高粱诗歌奖获奖作品集》由吉林大学出版社出版。作品分为《2016红高粱诗歌奖获奖诗人作品》《2016红高粱诗歌奖提名奖诗人作品》两部分。《2016红高粱诗歌奖获奖诗人作品》收有魔头贝贝《故园诗经》、吴乙一《从这里开始生长》、敬丹樱《泥筑的窝发出橙色的光》诗3组和授奖词。

2016年12月 《诗探索》编辑部编的《2016华文青年诗人奖获奖作品》由吉林大学出版社出版。作品分为《获奖诗人诗选》《入围青年诗人诗选》两部分,《获奖诗人诗选》收有张二棍《在乡下,神是朴素的》、聂权《春日》、武强华《乳晕》等诗,有评委评语。

《2016华文青年诗人奖获奖作品》

2017年

2017年1月 《诗探索》编辑委员会选编，林莽主编的《2016中国年度诗歌》由漓江出版社出版，为"2016中国年度作品系列"之一种。收有丁立《坐看花落》、张执浩《冬日速写》、霍俊明《杯中养虎记》等诗。书后有林莽《编者的话：迎新的梅花》诗1首。

2017年3月 《诗探索·理论卷》2017年第1辑出刊，《中生代诗人研究》栏刊出刘波《生活中那一道跳跃的风景——评陈先发的〈秋鹦颂〉》等文；《结识一位诗人》栏刊出刘诗宇《期待平淡之后的山高水深——论张巧慧的诗歌创作》等文；《姿态与尺度》栏刊出顾星环《"和墨一起坐在黑暗中"——读胡弦的诗》等文；《新诗文本细读》栏刊出王旺《黑夜素歌里的三重世界——翟永明组诗〈十四首素歌——致母亲〉的一种解读》等文；《诗论家研究》栏刊出陈卫《新诗的考古——评1980年代以来刘福春新诗史料整理与研究》等文。

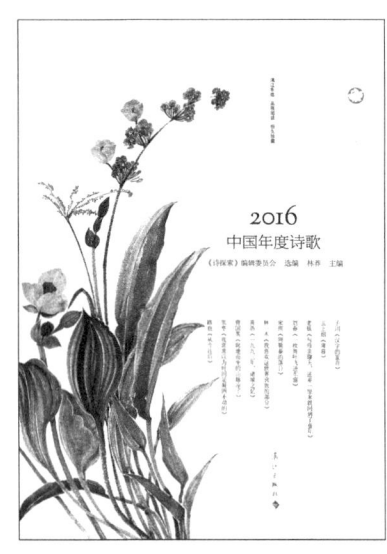

《2016中国年度诗歌》

2017年3月 《诗探索·作品卷》2017年第1辑出刊，《诗坛峰会》栏刊出《诗人刘年》；《探索与发现》栏刊出蓝紫《思想的刀锋切入红尘——商震诗歌印象》、商震《商震诗十八首》等文与诗和《2016年

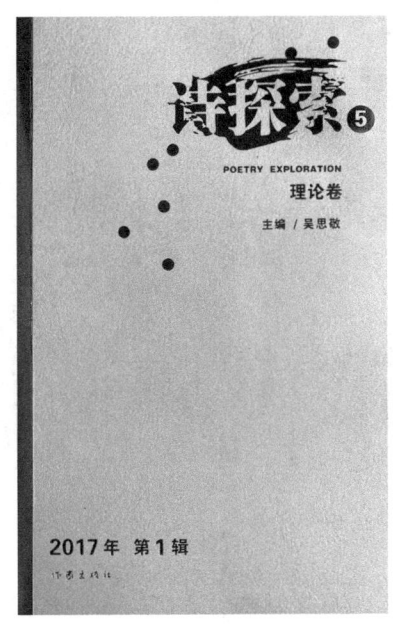 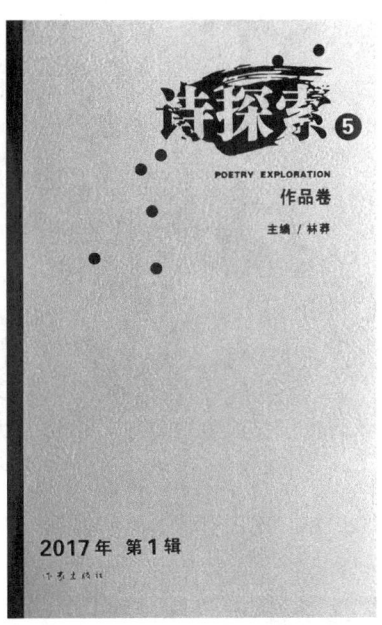

《诗探索·理论卷》2017年第1辑　　　《诗探索·作品卷》2017年第1辑

漓江版、现代版年选作品（精品选读）之一》；《汉诗新作》栏刊出傅云、海城等《新诗六家》和庞俭克、冯连才等《短诗一束》。

2017年4月7日　《诗探索》杂志获得北京人天书店有限公司的支持并与其合作，是日《诗探索》编辑部搬至北京人天书店有限公司，聘陈亮为专职工作人员。自此北京人天书店有限公司为《诗探索》出品人，邹进为社长。

2017年6月25—26日《诗探索》编辑委员会与北京人天书店集团主办的"'2017诗探索·人天华文青年诗人奖'颁奖典礼暨获奖诗人作品研讨会"在河北白洋淀举行，诗人灯灯、陆辉艳、方石英获奖。谢冕、吴思

刘福春与陈亮在北京人天书店有限公司

"2017诗探索·人天华文青年诗人奖"颁奖典礼与会者合影

吴思敬、林莽、谢冕、刘福春在大淀头村

敬、林莽、商震、刘福春、邹进等60多位诗歌专家和诗人出席了活动。诗歌奖颁奖典礼暨研讨会由《诗探索·作品卷》主编林莽主持。颁奖典礼结束后举行了以白洋淀诗歌群落和获奖诗人的诗歌为主体的诗歌朗诵会,北京人天书店集团员工和获奖诗人一起,诠释了一首首动人的诗篇。参会诗人和学者还对"白洋淀诗歌群落"发源地——安新县大淀头村进行了实地参观考察。

2017年6月 《诗探索·理论卷》2017年第2辑出刊,《诗学研究》栏刊出李点《语言与诗意》等文;《多多诗歌创作研讨会论文选辑》栏刊出钱文亮《诗歌是语言的多功能镜子——关于多多诗歌的札记》等文;《沈奇诗歌与诗论研究》栏刊出程继龙《当代新诗的一副"古典主义"面孔——沈奇论》等文;《结识一位诗人》栏刊出赵目珍《诗歌中的小说笔法及其所营造的意义世界——读聂权诗歌〈理发师〉》等文;《中生代诗人研究》栏刊出曹霞《在人间澡雪——论朱零的诗歌》等文;《姿态与尺度》栏刊出田硕苗《记录生命的努力——论郑小琼诗歌的见证式叙事》等文。

2017年6月 《诗探索·作品卷》2017年第2辑出刊,《诗坛峰会》栏刊出《鲁若迪基创作年表》《鲁若迪基诗三十五首》;《汉诗新作》栏刊出布衣、林珊等《新诗十家》;《首届"诗探索·中国诗歌发现奖"作品展示》栏刊出《诗人小西和评论者栾纪曾获奖作品展示》《诗人老井和评论者刘斌获奖作品展示》《诗人八零和评论者杨光获奖作品展示》等;《松花江流域诗群专辑》栏刊出柴国斌、白光、包临轩、丁宗皓等人的诗,有《编者按》。《编者按》说:"这些松花江流域的诗人,正如河流上的一座座坐标指示着诗意的位置和流向;他们的诗歌语言,似乎与古老的松花江人没有关系,但也无法用中原、江南的诗歌语言系统来进行类比、归类,他们的文明混合了土著和来自东西方、南北方的各种因素。""八十年代,松花江流域的诗人们独立而整齐,朴素、豁达、剖白、空灵、真挚,且充满探索精神和先锋意识,在与中国其他地域的诗歌星团相互辉映中,更如星光般熠熠生辉,成为当代中国诗歌的重镇。""本专辑所选诗人均为松花江流域的诗人,他们从八十年代到今天一直都在安静地坚持写作,每个人都有各自的特点和成就。所选诗歌纵跨不同年代,尽可能反映每位诗人的全貌。他们像东北额头上的灵魂之脉,如此整齐,从平原一直延宕到海洋。正如徐敬亚所说的那样:'有了你们,那块辽阔的土地可以发出一声声长叹了!'"

2017年6月 《诗探索》编辑部编的《首届诗探索·中国诗歌发现奖获奖作品集》由吉林大学出版社出版,为《"诗探索"奖项丛书》之一种。作品分为《首届"诗探索·中国诗歌发现奖"获奖作品》《首届"诗探索·中国诗歌发现奖"优秀奖获奖作品》两部分。《卷前小语》说:"《诗探索》是中国新诗的第一本创作和理论研究刊物,已创办37年。《诗探索》发现和推出诗歌写作和理论研究的新人,培养创作和研究兼备的复合性诗歌人才。'诗探索·诗歌发现奖'充分体现了《诗探索》的办刊精神,它为优秀的诗歌作品和有针对性的优秀的诗歌评论文章的作者,搭建了一个共同展示的平台。""2016年度首届'中国新

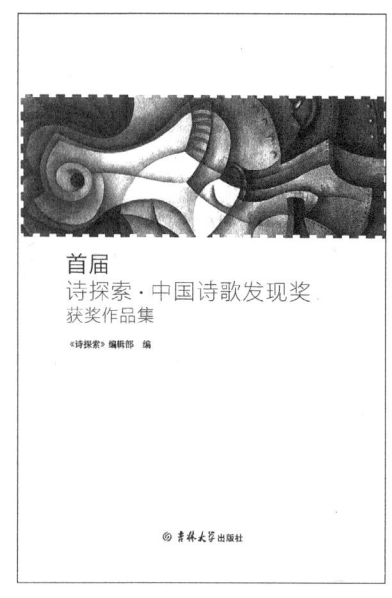

《首届诗探索·中国诗歌发现奖获奖作品集》

诗发现奖'共收到全国 800 多位诗人和评论者的参评作品。经过评委会严格、公正评选，本届大奖由诗人小西，评论者栾纪曾；诗人老井，评论者刘斌；诗人八零，评论者杨光获得。另有 18 组诗人和评论者获得优秀奖。"

2017 年 7 月 5 日　由首都师范大学中国诗歌研究中心主办的"首都师范大学驻校诗人王单单诗歌创作研讨会"在北京举行。研讨会对作为"2015 诗探索·人天华文青年诗人奖"获奖者入驻首都师范大学的驻校诗人王单单的诗歌创作进行了探讨。赵敏俐、吴思敬、孙晓娅、商震、刘福春、李少君、霍俊明等数十位学者、《诗探索》编辑部全体同仁以及首都师范大学

首都师范大学驻校诗人王单单诗歌创作研讨会

部分研究生出席了此次研讨会。会议由首都师范大学中国诗歌研究中心副主任吴思敬教授主持。

2017年7月28—29日 由《诗探索》编辑部和青岛平度市人民政府联合主办,青岛春泥诗社承办的第二届"诗探索·春泥诗歌奖"颁奖典礼和第二届"中国乡村诗歌高峰论坛"在青岛平度举行。诗人赵亚东、黄小培、徐晓获得第二届"诗探索·春泥诗歌奖"。吴思敬、商震、孙基林、刘成爱等出席。在第二届"中国乡村诗歌高峰论坛"上,来自全国各地文学诗刊杂志主编、知名高校的百余位诗人、学者,围绕中国乡村诗歌现状及未来发展方向展开探讨。

第二届中国乡村诗歌高峰论坛

2017年9月20日 由首都师范大学中国诗歌研究中心主办的"2017年首都师范大学驻校诗人入校仪式"在北京举行,"2016诗探索·人天华文青年诗人奖"获奖者张二棍作为该校驻校诗人入驻首都师范大学。吴思敬、林莽、张卫平、陈国栋、商震、刘福春、孙晓娅、[意大利]朱西、孟庆澍、李黎、霍俊明、张二棍、安琪、邰筐、卢桢、王士强、马丽、蓝野、聂权、李点、王单单、李宏伟、刘汀、花语、冯雷、林喜杰等学者、诗人、评论家,以及首都师

2017年首都师范大学驻校诗人入校仪式合影

范大学部分本科生、研究生参加了此次活动。活动由首都师范大学中国诗歌研究中心副主任孙晓娅教授主持。

2017年9月23日 由《诗探索》编辑部、山东省诸城市委宣传部主办,诸城琅琊书院承办的第二届"'中国诗歌发现奖'颁奖典礼暨研讨会"在山东诸城市举行。沈鱼、朱霄华、江红霞、温奉桥、林珊、胡笑梅获得此届"诗探索·中国诗歌发现奖"。吴思敬、林莽、刘福春、李掖平、谢明洲、黄浩、韩嘉川、陈亮、徐丽松、邵春生、杜立明、陈雪梅、孙方杰、水田、风言、陈

第二届"中国诗歌发现奖"颁奖典礼暨研讨会

萱、高文、张宏伟、朱建霞、王小玲、姜显遵等诗人、评论家以及诸城诗人共60余人参加了此次活动。

2017年9月 《诗探索·理论卷》2017年第3辑出刊,《诗学研究》栏刊出陈太胜《从声音的角度看新诗》等文;《新媒体视野下的诗歌生态》栏刊出罗振亚《新媒体诗歌:"硬币"的两面》等文;《纪念公刘诞生九十周年》栏刊出吴开晋《两度发光的诗星——重读公刘诗作》等文;《赵丽宏研究》栏刊出褚水敖《把生命放在诗里》等文;《结识一位诗人》栏刊出陈大为《西娃诗歌"藏密"元素在现代生活的转化》等文;《中生代诗人研究》栏刊出王士强《诗歌与真实——论谷禾》等文;《外国诗歌研究》栏刊出李嘉娜的文章《〈嚎叫〉之后金斯堡的创作倾向》。

2017年9月 《诗探索·作品卷》2017年第3辑出刊,《诗坛峰会》栏刊出《诗人三子》;《2017年人天"华文青年诗人奖"专辑》栏刊出《获奖诗人及获奖理由》《获奖诗人作品集》和《提名奖诗人作品十六首》;《汉诗新作》栏刊出康雪、缪立士等《新诗四家》和邵纯生、小吵等《山东高密诗人小辑》;《探索与发现》栏刊出邱景华《刘洁岷〈黎明的恐怖〉细读》等文和柳宗宣《在漂泊的屋顶》诗九首;《第二届"诗探索·春泥诗歌奖"小辑》栏刊出《获奖诗人简介及授奖词》《获奖诗人作品展示》和《提名奖诗人作品十五首》。

2017年10月28日 由《诗探索》编辑部、高密市人民政府联合主办,高

第七届"红高粱诗歌奖"获奖诗歌研讨会

密市文化产业管理委员会承办的"第七届红高粱诗歌奖"颁奖典礼和"红高粱诗歌奖获奖作品研讨会"在山东高密举行。诗人高若虹、侯存丰、张佑峰获得此奖。林莽、刘福春、谢克强、李掖平、韩嘉川、高建刚、邵纯生、冯继玲、王士强、路也、熊焱等诗人、评论家以及高密诗人共60余人参加了此次活动。

2017年12月 《诗探索·理论卷》2017年第4辑出刊，《诗学研究》栏刊出王汝虎《形式主义美学对二十世纪中国诗学研究的影响》等文；《路也研究》栏刊出李扬《在闭锁与敞开之间写作——路也新世纪以来诗歌研究》等文；《王单单诗歌创作研讨会论文选辑》栏刊出雷平阳《初识王单单》等文；《结识一位诗人》栏刊出董迎春、吕旭阳《扎根南方的诗性叙事——陆辉艳诗歌浅论》等文；《罗振亚诗学思想研究》栏刊出林超然《看见真相的眼睛——关于罗振亚的诗学精神》等文。

2017年12月 《诗探索·作品卷》2017年第4辑出刊，《诗坛峰会》栏刊出《诗人蓝蓝》《诗人老井》；《2017第二届"诗探索·中国诗歌发现奖"专辑》栏刊出《第二届"诗探索·中国诗歌发现奖"获奖理由及诗歌作品选》和《第二届"诗探索·中国诗歌发现奖"获奖者在研讨会上的发言》等；《汉诗新作》栏刊出彩虹、阿民等《新诗七家》和黄浩、管清志等《山东诸城诗人小辑》；《探索与发现》栏刊出吴玉垒《坚守和突围都在路上——从首届"中国新诗发现奖"获奖作品看当前中国新诗创作的审美倾向》等文和梁志宏的诗《岁月十二行诗》；《2017第七届"诗探索·红高粱诗歌奖"专辑》栏刊出《2017第七届"诗探索·红高粱诗歌奖"获奖诗人作品选》《2017第七届"诗探索·红高粱诗歌奖"提名奖作品选》等。

2017年12月 林莽主编的《中国新诗百年·现代优秀短诗100首》由吉林大学出版社出版。

2018 年

　　2018 年 1 月 《诗探索》编辑委员会选编，林莽主编的《2017 中国年度诗歌》由漓江出版社出版，为"2017 中国年度作品系列"之一种。收有人邻《流水四十年》、吕贵品《策马行》、阿来《风暴远去》、莫言《诗是酒后爬树——献给特朗斯特罗姆》等诗。书前有《编者的话》。《编者的话》说："我们这本诗选，不虚张声势，不自吹自擂，不拉大旗做虎皮，它不叫'最佳诗歌'也不叫'优秀诗歌'，我们一致以为：如果我们选出了本年度有代表性的诗歌作品，客观地反映了本年度诗歌写作的基本形态，能为中国新诗史和将来的研究者提供一本有参考价值的文本，就是较好地完成了我们编辑这一选本的目的与初衷。""今年的这一选本，收录了 200 多位诗人的作品近 300 首。作为资深编者，我们不熟悉的作者占了总体的近五分之一，足见新诗的作者依旧有新人不断地涌现。今年，知名度较高、创作状态活跃的作者占了全本的近三分之一，他们还是中国新诗写作的中坚力量。""另外，今年我们入选了两位知名小说家莫言和阿来的诗，他们的作品让我们看到了诗歌依旧是文学创作者普遍尊重并希望涉猎的文学样式。同时也提示诗歌的写作者：言之有物，语言的魅力与

《2017 中国年度诗歌》

《2017 华文青年诗人奖获奖作品》

《2017 红高粱诗歌奖获奖作品集》

艺术的意味感才是诗歌的根本所在。"

2018年2月1日《诗探索》编委会年度工作会议在北京人天书店集团会议室召开,吴思敬、邹进、林莽、刘福春、苏历铭、张桃洲等参加会议。吴思敬、林莽汇报了一年来《诗探索》编委会工作开展情况。2017年,《诗探索》编委会共成功举办了"诗探索·华文青年诗人奖""诗探索·中国诗歌发现奖""诗探索·春泥诗歌奖""诗探索·红高粱诗歌奖"4个诗歌奖项,并就各个奖项举办了多个诗歌研讨会以及延续了驻校诗人等方式。编辑出版或即将出版漓江版、现代版等三种诗歌年选,编辑了《中国新诗百年100首》3种和《一首诗的诞生》等16种诗歌选本。经人天发行部努力,《诗探索》推行邮局订阅,书店零售,图书馆配书等多种发行方式,刊物每期发行量已达5000套,扩大了刊物的阅读群、影响力和知名度。2018年,《诗探索》编委将一如既往地搞好刊物的日常出版发行工作,还将策划举办诗歌研讨会、中国新诗百年100首诗集首发式和系列研讨会等多项活动,以加深编者、作者和读者间的交流与互动,进一步促进中国诗歌事业的发展和繁荣。邹进、刘福春、张桃洲、苏历铭等提出了加大刊物创新力度、在栏目设计上瞄准80后、90后等年轻诗人,设立"诗探索·诗歌论坛"等建议。

2018年2月 《诗探索》编辑部编的《2017华文青年诗人奖获奖作品》由吉林大学出版社出版。作品分为《获奖诗人诗选》《入围青年诗人诗选》两部分,《获奖诗人诗选》收有灯灯《中年之诗》、陆辉艳《像是花瓣》、方石英《运河里的月亮》等诗,有评委评语。

2018年2月 《诗探索》编辑部编的《2017红高粱诗歌奖获奖作品集》由吉林大学出版社出版。作品分为《2017红高粱诗歌奖获奖诗人作品》《2017红高粱诗歌奖提名奖诗人作品》两部分。《2017红高粱诗歌奖获奖诗人作品》收有高若虹《黄河滩上》、侯存丰《风景》、张佑峰《大地上的灯盏》诗3组和授奖词。

2018年2月 《诗探索》编辑部编的《首届 第二届"诗探索·春泥诗歌奖"获奖作品集》由吉林大学出版社出版。作品分为《首届"诗探索·春泥诗歌奖"获奖诗人作品》《首届"诗探索·春泥诗歌奖"提名奖诗人作品》《首届"中国乡村诗歌高峰论坛"论文选》《第二届"诗探索·春泥诗歌奖"获奖诗人作品》《第二届"诗探索·春泥诗歌奖"提名奖诗人作品》《第二届"中国乡村诗歌高峰论坛"论文选》六部分。《首届"诗探索·春泥诗歌奖"获奖诗人作品》收梁积林《北偏西》、吉尔《我对他们的爱》、梅苔儿《在人间》诗3组

《首届 第二届"诗探索·春泥诗歌奖"获奖作品集》

《第二届诗探索·中国诗歌发现奖获奖作品集》

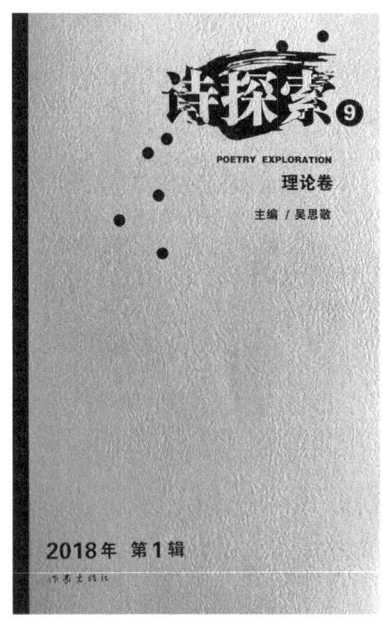

《诗探索·理论卷》2018年第1辑

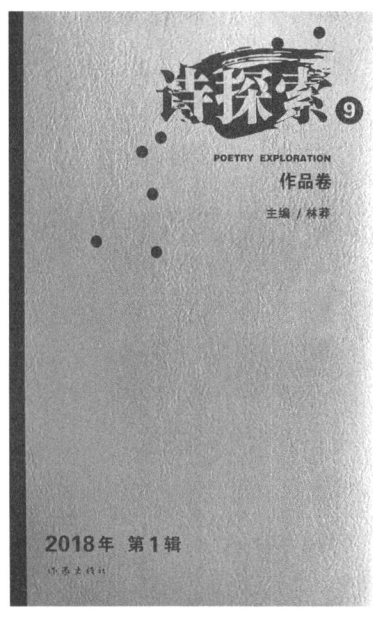

《诗探索·作品卷》2018年第1辑

和授奖词;《第二届"诗探索·春泥诗歌奖"获奖诗人作品》收赵亚东《遥远的土豆》、黄小培《敬畏》、徐晓《幽居志》诗3组和授奖词。

2018年2月 《诗探索》编辑部编的《第二届诗探索·中国诗歌发现奖获奖作品集》由吉林大学出版社出版。作品分为《第二届中国诗歌发现奖获奖作品》《第二届中国诗歌发现奖入围作品》两部分。《第二届中国诗歌发现奖获奖作品》收有《第二届中国诗歌发现奖获奖理由》、沈鱼的组诗《我热爱流水的生活》和朱霄华的评论《时代、肉身与凌迟》、江红霞的组诗《三十七度中》和温奉桥的评论《正常"体温"里的诗意世界》、林珊的组诗《叶落如雨》和胡笑梅的评论《向善而生的诗心》。

2018年3月 《诗探索·理论卷》2018年第1辑出刊,《诗学研究》栏刊出宋宁刚《作为方法与信念的细读——关于〈沙与世界:二十首现代诗的细读〉的几点反思》等文;《纪念杜运燮诞生百周年》栏刊出王芳《试析杜运燮诗创作对于中国现代诗发展的意义》等文;《陈超诗学学术研讨会论文选辑》栏刊出邢建昌《论陈超的诗学理论与批评》等文;《中生代诗人研究》栏刊出何方丽《失败或曰诗人之心——毛子诗歌论》等文;《姿态与尺度》栏刊出余文翰《廖伟棠诗的"地理"与"身份"论》等文;

《新诗理论著作述评》栏刊出郑政恒《自觉的声音：读陈太胜的著作》等文。

2018年3月 《诗探索·作品卷》2018年第1辑出刊，《诗坛峰会》栏刊出《诗人邰筐》《诗人邓朝晖》；《探索与发现》栏刊出霍俊明《现实云图与未定的诗歌之途》和蓝野《蓝野诗十五首》等文与诗；《汉诗新作》栏刊出幽燕、刘忠华等《新诗六家》；《新诗作品展示》栏刊出《2017中国年度诗歌精选诗四十四首（之一）》，刘成爱、姜言博等《平度诗人小辑》，吴玉垒、郭安文等《泰山诗人小辑》；《诗歌细读》栏刊出邱景华的文章《比较中细读：〈小泽征尔指挥〉》。

2018年5月11日 《诗探索》编辑委员会与北京人天书店集团主办的"'2018诗探索·人天华文青年诗人奖'颁奖典礼暨诗歌研讨会"在浙江文成举行，诗人吴乙一、徐晓、祝立根获奖。吴思敬、林莽、邹进、徐丽松、牛庆国、黑枣、徐俊国、慕白、陈亮、谈雅丽、马叙、小路、陈星光、卢建平、王孝稽、泥人、卢山、壬阁等诗人和评论家以及人天书店驻浙江办事处敬小芹、曹汉等出席。此次活动由文成县文联承办。

2018年6月 《诗探索·理论卷》2018年第2辑出刊，《新诗与中国古代诗学》栏刊出师力斌《杜甫与新诗的现代性》等文；《新诗形式建设问题研究》栏

"2018诗探索·人天华文青年诗人奖"颁奖典礼

刊出许霆《基于行顿论的自由诗体节律》等文;《中生代诗人研究》栏刊出郭枫《胡弦诗歌艺术的古典神韵》等文;《姿态与尺度》栏刊出陶发美《向以鲜的金石写作》等文;《邵洵美论现代美国诗歌》栏刊出邵洵美《现代美国诗坛概观》等文。

2018年6月　《诗探索·作品卷》2018年第2辑出刊,《诗坛峰会》栏刊出《诗人熊焱》《诗人雪君》;《探索与发现》栏刊出李田田《一位村姑的诗歌之路》、木叶《灯泡厂的流水线》等文与诗;《汉诗新作》栏刊出马累、风荷等《新诗六家》和夕夏、苏龙等《短诗一束》;《诗歌作品展示》栏刊出《2017中国年度诗歌选精选诗四十四首（之二）》《经典译诗重读（之一）》;《新诗集视点》栏刊出《诗人黑枣诗集〈亲爱的角美〉》等文与诗。

2018年7月4日　由首都师范大学中国诗歌研究中心主办的"首都师范大学驻校诗人张二棍诗歌创作研讨会"在北京召开。研讨会对作为"2016诗探索·人天华文青年诗人奖"获奖者入驻首都师范大学的驻校诗人张二棍的诗歌创作进行了探讨。赵敏俐、吴思敬、林莽、刘福春、李少君、孙晓娅、霍俊明、徐峙、韩晋生、孔令剑、王夫刚、邰筐、王巨川、王士强、聂权、冯雷、张立群、王永、张光昕、林喜杰、陈亮、安琪、潇潇、赵青、贺颖、灯灯、彭鸣、马丽、刘能英等学者、诗人以及首都师范大学部分研究生出席了此次会议。会议由首都师范大学中国诗歌中心副主任、《诗探索·理论卷》主编吴思敬教授主持。

2018年8月23—25日　由《诗探索》编辑部、平度市人民政府主办,青岛（平度）春泥诗社承办的第三届"诗探索·春泥诗歌奖"颁奖典礼暨"中国乡村诗歌高峰论坛"在青岛平度举行,诗人梁久明、陈小虾、白庆国获得此奖。林莽、刘福春、蓝

首都师范大学驻校诗人张二棍诗歌创作研讨会

第三届"诗探索·春泥诗歌奖颁奖典礼",获奖诗人:左起,白庆国、陈小虾、梁久明

野、王士强、张艳梅、高建刚、桫椤、刘成爱、姜言博、陈亮、徐俊国、梁积林、黄小培、陈马兴、高伟、李林芳、章芳、黄浩、姜显遵等诗人和评论家近200人参加了此次活动。第三届"中国乡村诗歌高峰论坛"以"乡村诗歌的演变和未来发展趋向"为研讨主题,由林莽主持。获奖诗人和与会嘉宾结合获奖诗歌探讨了当前乡村诗歌的写作问题。

2018年9月12日 由首都师范大学中国诗歌研究中心主办的"2018年首都师范大学驻校诗人入校仪式"在北京紫玉饭店举行。"2017诗探索·人天华

2018年首都师范大学驻校诗人入校仪式合影

文青年诗人奖"获奖者灯灯作为该校驻校诗人入驻首都师范大学。吴思敬、林莽、孙晓娅、李少君、霍俊明、谷禾、伊甸、朱西、邰筐、聂权、陈亮、谈雅丽、隋伦、李点、唐小米、阿华、东篱、郑茂明、唐果、琳子、滕海瑛、鲁橹、马丽、赵青、陌上吹笛、纯玻璃、爱斐儿、郭春华、姬国盛等诗人、评论家、朗诵家以及首都师范大学中国诗歌研究中心部分硕士研究生共40余人参加了会议。会议由首都师范大学中国诗歌研究中心副主任孙晓娅教授主持。

2018年9月29日　由《诗探索》编辑部、高密市人民政府联合主办的"第八届'诗探索·中国红高粱诗歌奖'颁奖典礼暨获奖诗人作品研讨会"在山东高密举行。诗人周簌、梁梓、那萨获得此奖,夏午、刘星元、宗小白、石英杰等9位诗人获得提名奖。林莽、宗仁发、李掖平、张洪波、韩嘉川、邵纯生、隋金川、周簌、梁梓、那萨、陈亮、谈雅丽、黄浩、杜立明、孙方杰、张毅、徐晓、江红霞、朱建霞、王小玲、管清志、姜显遵及高密的诗人共50余人参加了此次活动。

2018年9月　《诗探索·理论卷》2018年第3辑出刊,《纪念诗人彭燕郊逝世十周年》栏刊出陈太胜《不合时宜的歌者》等文;《诗学研究》栏刊出王正《诗人气质"五因"说》等文;《林莽诗歌创作研讨会论文选辑》栏刊出谢冕《那湖水有点灰有点暗》等文;《张中海诗歌创作研讨会论文选辑》栏刊出陈敢《穿

第八届"红高粱诗歌奖"颁奖典礼

行于忧郁田园与现代荒原的时代悲歌——张中海诗歌创作论》等文;《外国诗论译丛》栏刊出 [英] 道格拉斯·邓恩著,李一娜、赵慧慧译,章燕审校的《一门难易相成的艺术》。

2018年9月 《诗探索·作品卷》2018年第3辑出刊,《诗坛峰会》栏刊出《诗人崔宝珠》《诗人潘志光》;《探索与发现》栏刊出杨强《我诗歌写作的缘起和我当前诗歌创作的思考》、李南《现在,曾经》等文;《汉诗新作》栏刊出李阿龙、罗兴坤等《新诗五家》和宁延达、韦汉权等《短诗一束》;《诗歌作品展示》栏刊出《经典译诗重读(之二)》和刘红立、苗同利等《检察官文联文学协会诗人作品小辑》;《林莽诗歌作品研讨会诗文选》栏刊出路也《生命再次感到了高远的秋天——读林莽〈我的怀念〉》和林莽的组诗《我的怀念》等文与诗。

2018年11月9—11日 由《诗探索》编辑部主办,诸城琅琊书院承办的"第三届'诗探索·中国诗歌发现奖'颁奖典礼暨获奖作品研讨会"在山东诸城举行。诗人臧海英与评论者黄书恺、诗人风言与评论者邰筐、诗人胖荣与评论者卢辉获得此奖。吴思敬、林莽、商震、李掖平、荣荣、谢明洲、韩嘉川、邵纯生、苇青青、黄浩、黄胜、李小洛、李先锋、陈亮、孙方杰、尤克利、徐晓、江红霞、朱建霞、王小玲、姜显遵以及诸城诗人管清志、齐延中、管清华、李成武等50余人参加了此次活动。颁奖典礼暨获奖作品研讨会由《诗探

第三届"诗探索·中国诗歌发现奖"颁奖典礼

索·作品卷》主编林莽主持。

2018年11月20日 《诗探索》编辑部与北京人天书店集团联合举办的"新锐女诗人二十家"评选活动揭晓。经过第一轮近千名读者的踊跃投票，第二轮由谢冕等36名诗歌评论家、编辑、诗人组成的评审团投票评选，最终评出小西（山东）、白玛（江苏）、冯娜（广东）、叶丽隽（浙江）、吉尔（新疆）、灯灯（浙江）、杨方（浙江）、张巧慧（浙江）、阿华（山东）、林莉（江西）、陆辉艳（广西）、武强华（甘肃）、徐晓（山东）、离离（甘肃）、谈雅丽（北京）、敬丹樱（四川）、舒丹丹（广东）、熊曼（湖北）、臧海英（山东）、颜梅玖（浙江）为新锐女诗人。

2018年11月 《诗探索》编辑部编，林莽、海城主编的《一首诗的诞生》由首都经济贸易大学出版社出版。收于坚《谈谈我的〈罗家生〉》、李琦《从一束白菊开始》、黑枣《为什么我想要写一首有专业价值的诗》等文和诗。《编者的话》说："本书收录了50位诗人的50首诗和50篇谈一首诗是如何发生及如何创作的文章。我们借用《诗刊》老编辑王燕生先生'一首诗的诞生'的提法作为本书的书名，它很好地诠释了这些文章的总体倾向和每一篇谈论诗歌创作文章的内涵。""这些文章，除了选用了几位诗人的旧作外，大多是应编者之约为本书专题撰写的。这些诗人都是21世纪以来，中国诗坛最活跃和最有代表性的优秀诗人。这些文章较为集中地反映了当下中国新诗的创作方向和诗歌水准，为热爱新诗的读者，也为新诗的创作和研究者提供了很好的学习和研究的第一手资料。""诗人写文章，不同于学者的论文，他们以独特的思维和个性化的书写方式，为我们呈现了各自不同的行文与格调。50篇文章从不同的角度谈了对诗歌的理解、认知和对诗

《一首诗的诞生》

歌创作的设想和实践，为我们呈现了许多有价值的论述与看法。所有的文章的内容都具体而翔实，值得一读。"

2018年11月　《诗探索》编辑部编，林莽主编的《百名诗人同写神木》由现代出版社出版，收有阿华《关于石峁遗址的报告》、陈亮《在红碱淖》、成路《马镇的两种叙述方式》、路也《神木在哪里》等诗。

2018年12月　《诗探索·理论卷》2018年第4辑出刊，《关于新诗传统问题》栏刊出向卫国《新诗：现代中国的"一个语言身体"——对百年新诗成就的一种认识》等文；《叶橹诗学思想研究》栏刊出罗小凤《从问题和历史出发的"第三只眼"——论叶橹诗歌批评的启示与意义》等文；《张二棍诗歌创作研讨会论文选辑》栏刊出孔令剑《张二棍诗歌的智与质》等文；《中生代诗人研究》栏刊出苗霞《语言修辞与古典性的诞生——古马诗歌语意辨析》等文；《结识一位诗人》栏刊出张立群、陈曦《时间的骊歌与灵魂的谣曲——读方石英的诗》等文；《姿态与尺度》栏刊出褚水敖《张烨诗歌的哲学浸润》等文。

2018年12月　《诗探索·作品卷》2018年第4辑出刊，《诗坛峰会》栏刊出《诗人赵亚东》《诗人王晖》；《汉诗新作》栏刊出李庄、林莉等《新诗七家》；《"诗探索·春泥诗歌奖""诗探索·红高粱诗歌奖"特辑》栏刊出《"诗探索·春泥诗歌奖"获奖诗人作品选》《"诗探索·红高粱诗歌奖"获奖诗人作品》；《第十四位驻校诗人张二棍特辑》栏刊出《"张二棍诗歌创作研讨会"报道摘编》、张二棍《诗二十六首》等诗文；《新诗集视点》栏刊出《武兆强诗集：〈谁替我们而生〉》。

2019 年

2019 年 1 月 24 日 《诗探索》编委会年度工作会议在北京人天书店集团会议室召开，谢冕、邹进、吴思敬、林莽、王光明、刘士杰、陈旭光、张桃洲以及《诗探索》编辑部工作人员参加了会议。吴思敬和林莽汇报了一年来《诗探索》工作开展情况，与会的编委为刊物的未来发展提出了各种建议。2020 年是《诗探索》创办 40 周年，编委会主任谢冕提出筹办《诗探索》创刊 40 周年庆典纪念活动，建议得到了与会同仁的一致赞同。

2019 年 1 月 《诗探索》编辑委员会选编，林莽主编的《2018 中国年度诗歌》由漓江出版社出版，为"2018 中国年度作品系列"之一种。收有小西《卖针》、江非《我曾冒雨看过一场电影》、蓝野《勃兰登堡协奏曲及其他》、颜梅

《诗探索》编委会年度工作会议

玖《雨水节》等诗,有《编者的话》。《编者的话》说:"这是我们与漓江出版社合作,我主编的第 20 本《中国年度诗歌》,20 年是中国新诗百年的五分之一。从 1999 年到现在,这本选集可以说是对 20 至 21 世纪中国新诗有考量、有选择的一种记录。它所涉及的这 20 年,是百年中国新诗发展的一个新阶段。""今年这本选集包括了从 60 多家刊物中遴选出来的近 300 首诗歌作品,我们不是仅凭印象的选择,依旧是以逐本翻阅杂志的方式进行初选,再经过反复的阅读、比较,最终选定了这些诗歌作品。其中有近 40 名作者的作品是初次读到,新人的不断涌现,正说明了诗坛的生机盎然。"

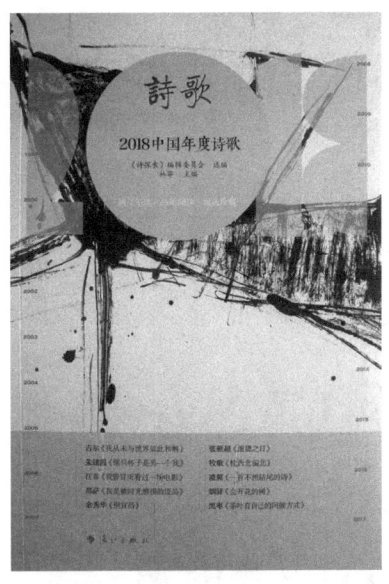

《2018 中国年度诗歌》

2019 年 3 月 31 日　由北京人天书店集团主办,《诗探索》编辑部和历铭

人天 6+X 诗歌艺术沙龙

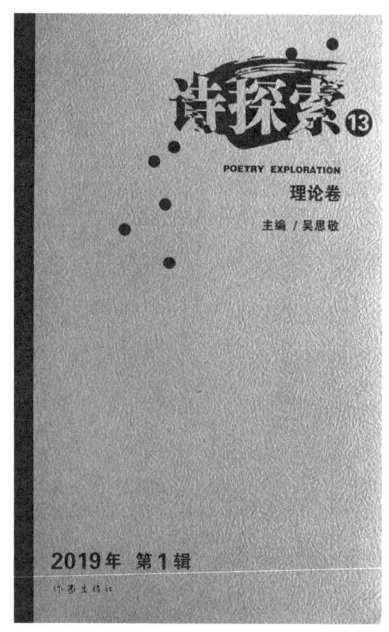

《诗探索·理论卷》2019年第1辑

《诗探索·作品卷》2019年第1辑

传媒共同承办的"人天6+X诗歌艺术沙龙"首次活动,即"一首诗的诞生·诗歌朗诵会暨诗歌作者手稿展"在北京宛平城内的"宛平九号"举行。诗人、学者邹进、林莽、苏历铭、刘晓峰、杨玲、孟岩岭、钟建春、蓝野、高星、世中人、海城、陈亮、谈雅丽和第36届鲁迅文学院高研班部分学员、北京朝阳区残疾人联合会所属诗社部分成员,以及来自各界的热爱诗歌艺术的朋友和媒体记者近百人参加。"6+X"中"6"是指全年举办定期活动6次,"X"是指6次之外另加的若干次不定期活动。沙龙秉承的宗旨是:欣赏诗歌佳作,展示书画艺术;交流人生心得,分享诗意生活。努力将"人天6+X诗歌艺术沙龙"打造成典雅、高端、独具品味的京城文化活动新亮点。

2019年3月 《诗探索·理论卷》2019年第1辑出刊,《中国新诗百年纪念大会学术论坛》栏刊出谢冕《一百年来一件大事》等文;《结识一位诗人》栏刊出周俊锋《漫游的风景与隐匿的疼痛——读王东东的诗》等文;《中生代诗人研究》栏刊出江雪《困境与美德:示弱者的诗学理想——张执浩论》等文;《姿态与尺度》栏刊出骆寒超《阳光的心灵浪漫的放歌——黄纪云早期诗歌考察》等文;《外国诗论家研究》栏刊出肖柳的文章《威廉·燕卜荪研究现状与思考》。

2019年3月 《诗探索·作品卷》2019年第1辑出刊,《诗坛峰会》栏刊出林莽《〈新锐女诗人二十家诗选〉编者的话》《入选女诗人作品选》等诗与文;《探索与发现》栏刊出西川《西川在中国新诗百年纪念大会上的发言》、李轻松《我与"铁"最美的一次相遇》等文;《汉诗新作》栏刊出扎西才让、薛依依等《新诗五家》、鲁北、殷修亮等《短诗一束》;《新诗集视点》栏刊出《诗人邵纯生诗集〈秋天的说词〉》;《诗歌作品展示》栏刊出《2018年度年选精选作品六十首(之一)》和闫秀娟、青柳等《神木诗歌小辑》;《新译界》栏刊出远洋译《英国现任桂冠诗人卡罗尔·安·达菲诗选》。

2019年5月3日 《诗探索》编委刘士杰因病在上海瑞金医院逝世。刘士杰,1941年生于上海,祖籍江苏无锡。1964年毕业于复旦大学中文系,随后一直在中国社会科学院文学研究所工作。出版有《审美的沉思》《诗化心史》《走向边缘的诗神》《现代主义诗歌在中国的命运》等著作。

2019年7月3日 首都师范大学中国诗歌研究中心主办的"首都师范大

首都师范大学驻校诗人灯灯诗歌创作研讨会

学驻校诗人灯灯诗歌创作研讨会"在北京召开,研讨会对作为"2017诗探索·人天华文青年诗人奖"获奖者入驻首都师范大学的驻校诗人灯灯的诗歌创作进行了探讨。吴思敬、林莽、商震、李少君、孙晓娅、周所同、蓝野、晓弦、武兆强、王巨川、薛梅、宋晓杰、杨方、谈雅丽、聂权、隋伦、丁鹏、李点、符力、阿华、唐小米、唐果、韩宗宝、赵青、爱斐儿等学者、诗人以及首都师范大学部分研究生出席了此次会议。

2019年7月 《诗探索·理论卷》2019年第2辑出刊,《中国新诗百年纪念大会学术论坛》栏刊出沈奇《从"别立新宗"到"百年和解"——新诗百年反思兼谈汉语诗歌之"大传统"与"小传统"》、李怡《中国新诗:在接受的博弈中诞生和演进》等文;《结识一位诗人》栏刊出蔡丽《长叹息以掩涕兮,哀民生之多艰——浅析祝立根的诗》等文;《女性诗歌研究》栏刊出谢冕《未名湖之梦——读荒林》等文;《诗论家研究》栏刊出丁瑞根《由幽深而敞亮——胡亮诗学写作的发生学刍议》等文;《姿态与尺度》栏刊出路也《尝试写出更艰难的事物——读戴小栋长诗〈在累累果实与迟暮秋风之间〉》等文;《新诗理论著作述评》栏刊出马春光《散点式的历史讲述与见证者的诗学建构——评〈现代诗:

首都师范大学第十六位驻校诗人入校仪式

讲述与评论〉》等文。

2019年7月 《诗探索·作品卷》2019年第2辑出刊,《诗坛峰会》栏刊出《诗人刘立云》;《探索与发现》栏刊出梁书正《我的写作是诗歌大背景中的浪花》、祝立根《诗十首》等文与诗;《汉诗新作》栏刊出张毅、康承佳等《新诗五家》;《诗歌作品展示》栏刊出陆辉艳、阿华等《2018年度年选精选作品六十首(之二)》和陈雨潇、杨晓婷等《湛江诗群诗人作品小辑》;《译作与研究》栏刊出刘泽球《两个语言世界的书——关于沃尔科特〈早安,帕拉敏〉》等文与诗。

2019年9月16日 首都师范大学中国诗歌研究中心主办的"首都师范大学第十六位驻校诗人入校仪式"在京举行,"2018诗探索·人天华文青年诗人奖"获奖者祝立根作为该校驻校诗人入驻首都师范大学。吴思敬、林莽、商震、李少君、孙晓娅、邰筐、王士强、隋伦、王巨川、马丽、赵青、王琦、阳光等数十位学者、诗人、评论家以及首都师范大学部分研究生参加了此次活动。活动由首都师范大学中国诗歌研究中心副主任孙晓娅教授主持。

2019年9月20—22日 《诗探索》编辑委员会与北京人天书店集团主办的"第17届人天·诗探索'华文青年诗人奖'获奖作品研讨会"在黑龙江省青

第17届人天·诗探索"华文青年诗人奖"获奖作品研讨会

第九届"红高粱诗歌奖"颁奖典礼

冈县举行,诗人张常美、敬丹樱、林珊获奖。诗人、评论家林莽、杨川庆、包临轩、张洪波、苏历铭、蓝野、柳沄、宋心海、安海茵、李犁、李皓、李轻松、陈亮、滕岩、文可心、祝立根、赵亚东、梁久明、梁梓、王俐军以及青冈县本地的诗歌作者近百人参加了此次活动。活动由《猛犸象诗刊》和青冈县人民政府承办。

2019年9月 《诗探索·理论卷》2019年第3辑出刊,《新诗形式建设问题研究》栏刊出张洁宇《关于格律,他们其实在谈论什么?——漫议"新诗格律与语言的诗化"》等文;《朱英诞研究》栏刊出王泽龙《朱英诞解读新月派诗刍议》等文;《寇宗鄂诗歌创作研讨会论文选辑》栏刊出陈超《读〈悲剧性格〉致宗鄂的信》等文;《诗歌文本细读》栏刊出邱景华《彭燕郊〈混沌初开〉细读》等文;《新诗理论著作述评》栏刊出雷平阳《没有陈超的世界将更显空寂——关于〈转世的桃花:陈超评传〉》等文。

2019年9月 《诗探索·作品卷》2019年第3辑出刊,《诗坛峰会》栏刊出《诗人闫秀娟》《诗人管清志》;《探索与发现》栏刊出羌人六《重建巴别塔》和《诗六首》、邱景华《在现代诗与现代抒情诗之间——刘志峰诗细读》和《刘志峰诗八首》等文与诗;《汉诗新作》栏刊出谢虹、曲青春等《新诗七家》、依米一、孙殿英等《短诗一束》、林莽、蓝野等《梨树沟采风诗歌作品小辑》。

2019年10月18—20日 《诗探索》编辑部、高密市人民政府联合主办的"第九届'诗探索·中国红高粱诗歌奖'颁奖典礼暨获奖作品研讨会"在山东高密举行,林莉、赵亚东、马累获奖。诗人、评论家林莽、商震、李掖平、燎原、敬文东、邵纯生、高建刚、韩嘉川、张艳梅、张毅、黄浩、陈亮、孙方杰、杜立明、朱建霞、王小玲、管清志、姜显遵及高密本地作者共50余人参加了此次活动。

2019年11月15—17日 《诗探索》编辑部主办，诸城琅琊书院承办的"第四届'诗探索·中国诗歌发现奖'颁奖典礼暨获奖作品研讨会"在山东诸城举行，诗人舒丹丹和评论者纳兰、诗人黑枣和评论者吴常青、诗人梅苔儿和评论者陈萱获奖。来自全国各地的诗人、评论家、书法家林莽、邹进、李掖平、张洪波、蓝野、黄浩、李志强、陈亮、祝立根、邵纯生、刘成爱、苇青青、弓车、孙方杰、老四、风言、江红霞、朱建霞以及诸城本地诗人管清志、齐延中、管清华、李成武等50余人参加了此次活动。

第四届"诗探索·中国诗歌发现奖"颁奖典礼暨获奖作品研讨会

2019年12月28日 《诗探索》2019年编委年会在北京人天书店集团小会议室举行，谢冕、杨匡汉、吴思敬、林莽、邹进、张桃洲、苏历铭等出席。编委年会由吴思敬主持。吴思敬首先就《诗探索》整体和明年重点工作提出请大家讨论。林莽总结梳理了《诗探索》2019年度在刊物编辑、四个诗歌奖项、刊物发行、微信公众号栏目设置和运营、诗歌图书策划等方面取得的进展，并对明年的工作做了具体安排。2020年是《诗探索》创刊40周年，编委们重点围绕"40周年纪念"这一主题展开了热烈的讨论，确定了《诗探索》创刊40周

《诗探索》2019年编委年会

年纪念活动的各项分工和议程。最后，为保持《诗探索》的后续发展活力，编委年会决定增补王士强、陈亮为《诗探索》编委。

2019年12月 《诗探索·理论卷》2019年第4辑出刊，《百年新诗学案》栏刊出袁洪权《艾青长诗〈吴满有〉的生产及其文学史问题》等文；《灯灯诗歌创作研讨会论文选辑》栏刊出韩宗宝《我们以为神不在那里——灯灯近作散论》等文；《结识一位诗人》栏刊出杨庆祥《局外人，或声音谱系的创制者——读林东林的几首诗》等文；《诗论家研究》栏刊出陈卫、蔡丹阳的论文《诗界"领航员"——论谢冕1980年代以来诗学研究》等文；《外国诗论译丛》栏刊出[美]埃兹拉·庞德著，章燕、李一娜译的《〈回顾〉(节选)》。《百年新诗学案》栏《编者的话》说："'百年新诗学案'是由首都师范大学中国诗歌研究中心吴思敬教授主持，经教育部批准立项的'教育部人文社会科学重点研究基地重大项目'。'学案'这一名目，借鉴了古代思想史著作如'明儒学案''宋元学案'等，又根据百年新诗的发展及研究现状，赋予其新的内涵。它不同于以诗人诗作为中心的诗歌史写作,而是以百年新诗发展过程中的'事'为中心,针对有较大影响的人物、事件、社团、刊物、流派、会议、学术争鸣等,以'学案'的形式予以考察和描述,凸显问题意识,既包括丰富的原生态的诗歌史料,又有编者对相关内容的梳理、综述、考辨与论断。这是一种全新的对百年新诗发展的叙述,从内容上说,它更侧重在新诗与社会的关系、新诗对不同人的心理所产生的影响;从叙述形式上说,它以'事'为核心来安排结构;从方法上说,它强调史料的发掘与整理,让事实说话,寓褒贬于叙述。它的意义不只是在诗歌美学上的,而且也是在诗歌社会学、诗歌伦理学、诗歌文化学上的。为此,本刊特辟'百年新诗学案'专栏,陆续选发部分学案,以飨读者,并希望以此为契机引发读者对百年新诗发展中涉及的重大理论话题,做出进一步的思考。"

《中国新诗百年·经典抒情短诗100首》　　《中国新诗百年·经典翻译诗歌100首》

2019年12月　《诗探索·作品卷》2019年第4辑出刊,《华文青年诗人奖专辑》栏刊出《第17届人天·诗探索"华文青年诗人奖"揭晓公告》和《获奖诗人作品》;《诗坛峰会》栏刊出《诗人余笑忠》《诗人荣斌》;《探索与发现》栏刊出阿信《一首诗的来历》、纯子《我活在他们的时代》、江一苇《诗歌与我，是一场意外》等文与诗；《汉诗新作》栏刊出张静雯、宋心海等《汉诗七家》和《〈北回归线〉诗歌小辑》；《首师大诗歌研究中心第 15 位驻校诗人灯灯特辑》栏刊出灯灯《时间是一条河》《诗 22 首》等文与诗。

2019 年　林莽主编的《中国新诗百年·经典抒情短诗 100 首》《中国新诗百年·经典翻译诗歌 100 首》由《诗探索》编辑部印行。

2020 年

2020年1月　《诗探索》编辑委员会选编，林莽主编的《2019中国年度诗歌》由漓江出版社出版，为"2019中国年度作品系列"之一种。收有沉河《饮酒》、老井《侧身而过》、邱华栋《阿瓦提的刀郎木卡姆》、余笑忠《红月亮》等诗。

2020年2月25日　《诗探索》微信公众号发布改版公告：为更好地体现《诗探索》的办刊理念，推动中国新诗写作和研究的深入化与专业化，普及诗歌写作和阅读的基本概念与方向，《诗探索》微信公众号于近期改版。希望得到朋友们的支持、推广、转发，并期待大家的建议与投稿。常设栏目有：资讯、专题、诗群、经典、发现、读诗、故事、一首诗的诞生、新诗集等。

2020年7月8日　由首都师范大学中国诗歌研究中心主办的"首都师范大学第16位驻校诗人祝立根诗歌研讨会"在腾讯会议平台召开，研讨会对作为"2018诗探索·人天华文青年诗人奖"获奖者入驻首都师范大学的驻校诗人祝立根的诗歌创作进行了探讨。赵敏俐、吴思敬、李少君、刘福春、孙晓娅、霍俊明、谷禾、刘汀、王巨川、王士强、陈亮、聂权、阿

《2019中国年度诗歌》

华、安琪、谈雅丽、吴乙一、卢桢、蔡丽、叶德庆、吴丹凤、梦亦非、王单单、胡正刚、杨碧薇、祝立根等 40 余位学者、诗人以及首都师范大学、辽宁大学、四川大学部分硕士和博士研究生出席了此次云端会议。

首都师范大学第 16 位驻校诗人祝立根诗歌研讨会

2020 年 7 月 18 日 诗探索中国新诗会所顾问郑敏先生百岁华诞,《诗探索》微信公众号推出贺诗人郑敏先生百岁华诞专辑。

后　记

刘福春

2010年为纪念《诗探索》创刊30周年，我撰写了一篇《〈诗探索〉纪事》刊发在《诗探索·理论卷》2011年第2辑。转眼十年过去，去年年初《诗探索》编委会开会商议创刊40周年纪念活动，计划编选一套丛书，其中有一本《〈诗探索〉纪事》，任务交给了我。当时我远在成都，没能参加会议，参会的徐丽松发微信问我是否接受，我很痛快地答应了。我以为编撰此书没有多难，已有原先的30年纪事为基础，继续撰写十年就可交稿，所以没有马上动笔。

今年1月我回北京，想不到疫情突发，困在了家中。本可以利用一下这段时间，可因为我的书大部分都已运到成都，包括全套的《诗探索》和相关书籍，无法开始这一工作。好不容易躲到了疫情稍微平稳，我匆忙飞到成都已经是4月10日了。虽然这时成都对从北京回来者没有强制居家的要求，但我们还是自觉少出门，到学校查找资料是返成都半个月后才去的，因此《〈诗探索〉纪事》正式动笔已是4月底了。

动笔我才意识到了难度。我所做的并不是续写，而完全是从头开始。第一，2011年《〈诗探索〉纪事》只有1万字，字数远远不够，所记史实又很简单。第二，《诗探索》最近这10年虽然在时间上仅占四分之一，可需要记录的活动等却非常多，远远超过了前30年。从现在完成的书稿来看，记录这10年的文字也确是多于前30年，约占全书的五分之三。第三，近10年《诗探索》组织的诗歌活动丰富，但保留下来的文字资料却不多，需要查找。第四，这是一本图文著作，与《诗探索》相关图片的收集困难也很大。好在这时刘鸣谦表示可以帮我做些事情，于是就将部分资料搜集和文字录入工作交给了他。说来刘鸣谦也是与《诗探索》有缘，从小的时候就跟我参加过《诗探索》编辑部组织的一些诗歌活动，像1994年的"中国新诗集版本回顾·首届九十年代新诗集展览"开幕式，1998年的"北京之秋·现代诗歌朗诵会"等。2010年刘鸣谦从韩国毕业归来，诗探索·天问中国新诗会所还为他在朝阳区文化馆主办了"感·物——刘鸣谦个人作品展"，因此刘鸣谦承担一些工作也是理所应当，这也是我们父子的首次文字合作。

有了刘鸣谦的帮助，工作自然就快得多。到7月初文字的撰写基本完成，接下来是选配图片。1980年代照相机不像现今这样普及，合用的照片很少。还算好，张炯、白航、雁翼、杨匡汉、谢冕参加南宁诗会时在南宁公园拍的那张珍贵的照片找到了。1993年我买了一架还算不错的照相机，每次参加活动都带着，拍了不少照片，再加上我平时收集的一些图片，解决了1990—2010年的大部分配图。问题最大的是近十年的活动，也可能是照相变得越来越容易，平时没有注意保存，到了用时缺得还真多。我上网搜了一些，但多数像素太低无法使用。于是我发微信或打电话请朋友们帮忙，感谢马富丽、慕白、黄浩、管清志、高永峰等诗友，很快就发来了需要的《诗探索》活动的相关照片，保证了图片选配工作在7月底完成。

我是1980年2月到中国社会科学院文学研究所工作，《诗探索》同年12月创刊，作为见证者和参与者，我伴着《诗探索》走过了这40年有风有雨也有阳光的全过程。40年，对于一个没有稳定经费来源的刊物来说，能坚持下来已经是奇迹。可喜的是，《诗探索》已经从一个平面的刊物，发展成一个由多种诗歌研讨、诗歌出版、诗歌奖项和诗歌活动建构的多元、立体的组合，刊物也由一本专门的理论批评变成了《理论卷》与《作品卷》的互动。我希望这本《〈诗探索〉纪事》能对此做出全面的呈现，准确地勾画出《诗探索》40年艰难发展的历程。

2020年8月17日